叫大蟒蛇起床

康逸藍　著

叫大蟒蛇起床

徵求高手

一、解題高手

　　【問題來找碴】是針對每一篇故事提出三個問題，希望小朋友看過之後，能寫出自己的想法哦。

二、插畫高手

　　看完故事，動手為故事畫插圖，每一篇都會有兩頁〈快樂來塗鴉〉的單元，找一兩個情節來畫，或是由幾個小圖串連起來都可以，自由發揮。

快樂來塗鴉～～代序

　　十多年來，我在文字的園地裡快樂的耕耘，把很多精力放在童話故事的創作上。這兩年我開始整理自己寫過的東西，發現除了中、長篇的故事之外，獨立的短篇故事也不少，我一直有把它們集結成書的夢想；但是，也一直想不出怎麼呈現比較好。

　　後來，我決定採用「我寫故事你來畫圖」的形式，讓小朋友讀完故事，先以「問題來找碴」這個小單元，讓小朋友思考一些問題，再留一張空白頁，由小朋友來畫插圖，小朋友可以挑選自己喜歡的情節來畫。因此這本書是有「留白」的，要由小朋友共同來完成。

　　寫故事，我覺得挺得心應手，畫圖，我卻老覺得腦袋空空，手也不聽使喚，可是心中一直有個塗鴉夢，希望自己也能「信手拈來皆有畫意」。心動不如行動，2004年我為自己的童詩集《童詩小路》畫插畫，那樣拙的線條，童稚的構圖，讓我贏得「素人畫家」的美名。《童詩小路》的設計也採取「讀者參與」的方式，不同的是《童詩小路》裡的插圖由我畫，只讓小朋友加以彩繪。這本短篇童話集《叫大蟒蛇起床》，只畫了兩篇做為示範，其餘的都要由小朋友自己畫，應該更具有挑戰性。我相信許多人都有塗鴉夢，我就提供故事和園地，讓大家快樂來塗鴉。

　　這兩年我還是以寫文章為主，提起畫筆，都是為我的詩插畫，也就是說，非不得已我不會動筆去畫。直到我參加「繪本創作ＤＩＹ」，經過老師一步步引導，才發現繪畫是很可以表現自我的方式，「畫就是了，不要想太多」，於是我把寫過的故事拿來畫，幾本簡單的「繪本」就誕生了。

　　我發現畫圖不難，難在個人的心理障礙，理由千萬個，像是沒有繪畫細胞、畫得太醜、沒學過、沒時間等等。因此，示範的兩篇我找的都不是

學畫的人，一篇是我由自己畫的，另一篇由我女兒來畫。我的家人認為封面是門面問題，應該請專家來畫，但是我想既然這本書的目的，是要大家動手畫，不如就由我這個「素人畫家」親自上陣，鼓勵大家動筆來塗鴉。我特別在版權頁上的插圖那一欄，留下一個位置，讓願意在這本書上畫圖的小朋友，填上自己的名字，這本書是因為你的參與才能完成，別忘了把你的芳名填上去！

　　最後回到故事本身來說，我希望故事有趣味性、文學性、教育性，在無形中增進小朋友的語文能力、想像力，也在做人方面有好的誘導。一篇故事可以有多方面的延展，除了看，也可以說、可以演、可以畫，小朋友，也許你有更多點子，更多的發揮呢！

　　感謝秀威公司總經理宋政坤先生、編輯林世玲小姐及出版小組，建議採取這種尺寸，讓畫圖的人有更寬廣的空間。還要感謝家人的支持，有夢最美，能讓夢想成真，是我的幸福！

康逸藍

2006.06.25

于淡水水月居

目次

叫大蟒蛇起床

「嘟、嘟、嘟⋯⋯」啄木鳥敲敲松鼠家的門。

「誰啊，一大早的——」小松鼠打開一條門縫，蓬蓬的尾巴緊緊貼著背不敢放。

啄木鳥連珠砲似地說：「你看，白花花的陽光好像大晨袍，又柔軟、又暖活。還有幾朵桃花笑得臉紅紅的，我猜春天來了。」

可不是嗎？小松鼠把門打開，感覺春天已來到身邊。他急著「蹦」出門，就在筆直的樹幹上做起滑竿運動。

啄木鳥說：「別儘貪玩，我們去叫醒大夥一起玩兒吧！」

「好啊，大家都以為冬天還沒過去呢，走！」

於是他們先跑去兔寶寶家，告訴兔寶寶「春天來了」。

兔寶寶伸伸懶腰說：「春天再不來，我的骨頭都要生鏽了。」

於是他們三個結伴去臭鼬的家。

快到臭鼬家之前，啄木鳥指揮大家吸一口飽滿的氣，再停止呼吸。因為臭鼬生氣或興奮時，都會「飆」出那臭死人的「瓦斯」，餘味可以在你周圍迴繞三天。

臭鼬一開門，被陽光逗得「噗—」一聲，飆出一陣又臭又長的「瓦斯」，才心滿意足地加入報春的隊伍。

這個隊伍越來越龐大，等大夥都起床後，就在草原上奔跑跳躍。

小松鼠突然想起大蟒蛇還沒起床，他喜歡叫大蟒蛇把身體盤繞在樹幹上，好讓他從上面滑下來，這叫「超級旋轉梯」。他提議大夥去把大蟒蛇

叫起床。

　　來到大蟒蛇的家，大夥敲著門，七嘴八舌的說：「春天來了。」

　　「春天，還早哩！我還沒睡夠，春天怎麼敢來呢？小娃兒們，你們被太陽騙了，趕快回去吧。」大蟒蛇邊說邊打哈欠，連門都沒開。

　　小松鼠嘟著嘴說：「春天叫太陽露出大臉，叫枝頭冒出新芽，你再不起床，我們要叫你大懶蛇。」

　　大蟒蛇懶懶的回答：「娃兒們，回去吧，等春天真的來了，我會去叫醒你們。」說完再也沒有動靜。

　　大夥七嘴八舌喊著「大懶蛇，大懶蛇，天下第一字號大懶蛇」，然後氣沖沖的離開。

　　他們依舊在草地上玩耍，各使盡渾身解數，好像要把身體裡的搗蛋蟲，通通釋放出來。

　　玩了好一會兒，突然烏雲霸佔天空，太陽被趕走了，只有刺骨的風一陣陣撲來，還發出「呼呼」聲。斗大的雨滴也來湊熱鬧，春天早就跑得不見蹤影。大夥一哄而散，在被雨網罩住的草原上，尋找回家的路。

　　回到家，他們全躲在被窩裡「哈啾哈啾」，發誓再也不上太陽的當。

　　有一天，大蟒蛇脖子上掛著鈴鐺，家家戶戶去搖鈴，告訴大家：「春天真的來了」。

　　大夥看看精神飽滿的大蟒蛇，看看笑咪咪的太陽，再看看滿地揮手的小野花，他們才肯相信：春天終於來了。

　　小松鼠說：「大蟒蛇，還是你厲害，你醒來，春天才敢來。不過你在冬眠以前，還欠我好多次『超級旋轉梯』，要趕快還哦！」

　　「哦，有嗎？」大蟒蛇有點糊塗，有點健忘，他甚至不記得大夥叫他「大懶蛇」的事。他找了一棵大樹，慢慢盤上去，經過一個長長的睡眠，他也想讓小娃兒們幫他搔搔癢了。

問題來找碴

1. 冬天到春天之間的氣候難以捉摸，你是不是也被騙過？

_____

_____

_____

_____

_____

_____

2. 你知道有哪些動物會冬眠？

_____

_____

_____

_____

_____

_____

叫大蟒蛇
起床

問題來找碴

3. 你有沒有被臭鼬的「瓦斯」嗆過？

快樂來塗鴉

快樂來塗鴉

獅大王的金絲帽

　　愛漂亮的獅大王，喜歡用髮膠來為他的頭髮做造型，最近他頭上的頭髮越來越硬，一撮一撮直立起來，看起來像刺蝟。剛開始他覺得自己又酷炫又威武，非常得意，久ㄌ卻覺得很ㄅ方便，因為他ㄅ能戴帽子ㄌ。他宣布，誰能替他找一頂適合的帽子，誰就可以得到一筆豐厚的獎金。

　　快腳猴第一個來報到，他帶來一頂魔術師的帽子。上次魔術師來表演時，他當魔術師的助手，所以魔術師留了一頂帽子給他。獅大王很喜歡這頂魔術師的帽子，他忘不了魔術師從帽子變出鴿子、兔子的把戲，可是他的頭套不進魔術師的帽子裡。

　　第二個到的閃電馬很高興，趕緊送上他帶來的牛仔帽，順便附送兩把玩具手槍，還願意讓獅大王騎著他奔馳，過過美國西部牛仔的癮。獅大王一向很崇拜牛仔，正準備上馬顯顯威風的時候，發現他的頭也套不進牛仔帽裡頭。

　　這時候土狼捧著一頂印地安酋長帽來，那帽子其實是一條長長的帶子，上面點綴漂亮的羽毛，可以圍住獅大王的頭再綁起來。當土狼幫獅大王綁好帽子時，大家一陣歡呼，太帥了，比真正的印地安酋長還帥。可是「哈啾」、「哈啾」聲響個不停，原來獅大王對羽毛嚴重過敏。

　　第二天，大熊哼著歌來見獅大王，他對自己帶來的帽子很有把握。獅大王看他手上空空的，以為他是來開玩笑的，正想發發獅吼，大熊卻從口袋裡掏出一頂帽子，是加大兩個尺寸的聖誕老公公帽。他把兩隻手伸進帽子裡，左突右衝一番，才上前為獅大王戴上。可惜還是太小了，他急忙對獅大王說：「我可以再做一頂大兩號的聖誕老公公帽。」

　　獅大王看看鏡子裡的自己，對大熊說：「不行，我戴這頂帽子已經活

像個大膿包，再大兩號的帽子套在我頭上，能看嗎？」大熊仔細看一看，嘆口氣說：「是有點怪，對不起，我告退了！」

接著，陸續有各種造型的帽子被送來，都沒辦法讓獅大王滿意。有一天，三隻烏龜兄弟用手推車拉來了一頂像鋼盔的帽子，說那是他們一位偉大祖先的殼，具有神奇的力量，應該可以戴在獅大王頭上。那的確是一頂具有神奇力量的帽子，因為它竟然可以兜住獅大王的頭髮，可是一戴上那頂帽子，獅大王的動作也跟烏龜一樣，慢吞吞的，連獅大王自己都不認識自己了，他只好放棄那頂具有神奇力量的鋼盔帽。

最後，當獅大王以為從此跟帽子絕緣的時候，來了十二隻蜘蛛，說他們可以為獅大王編出一頂舒適又帥氣的金絲帽。獅大王平常對蜘蛛沒有好印象，考慮了很久，才答應讓他們在頭上耍猴戲。

獅大王答應以後，蜘蛛爬到獅大王的頭上，只見他們在刺蝟般的頭髮上穿來穿去，不斷吐絲，有時也停下來交頭接耳，好像商量什麼大事。這段時間內，獅大王不能亂動，也不能吃東西，忍飢挨餓，整整一天才編好帽子。這頂帽子的造型是世界上獨一無二的；它超有彈性，可是不會像聖誕老公公帽一樣軟趴趴的；它上面留了幾個洞，剛好讓獅大王金黃帶點咖啡色的頭髮露出來。最妙的是它在光線下會閃著金金亮亮的光芒，好像獅大王戴的是一頂珍貴的皇冠，大家都說好，給它取個名字叫「金絲帽」。

獅大王非常滿意，他問蜘蛛要多少獎金？蜘蛛說：「我們不要獎金，我們想要發揚蛛網藝術，所以請獅大王讓我們留在這裡，美化你的皇宮。」

獅大王一聽可頭痛了，印象中蜘蛛網多的地方，表示那地方根本是廢墟，我這富麗堂皇的宮殿，怎麼可以布滿蜘蛛網！可是如果不答應，這頂金絲帽就要被收回去。最後，在蜘蛛保證是藝術創作不是製造廢墟的情況下，獅大王答應讓他們試試看。

從此，皇宮多了一批蜘蛛藝術家，他們巧妙的用珠網來裝飾皇宮，也許在天花板的一個角落，也許在窗戶邊，也許在誰都想像不到的地方，會有圖案很有創意的蜘蛛網，等著大家去欣賞。

而且，只要獅大王能忍飢挨餓一天，他就會有一頂全新的金絲帽喲！

問題來找碴

1. 有沒有近距離觀察過蜘蛛網的圖案?

2. 故事裡的帽子,你喜歡哪一頂?

3. 你能想出或畫出更適合獅大王的帽子嗎?

快樂來塗鴉

快樂來塗鴉

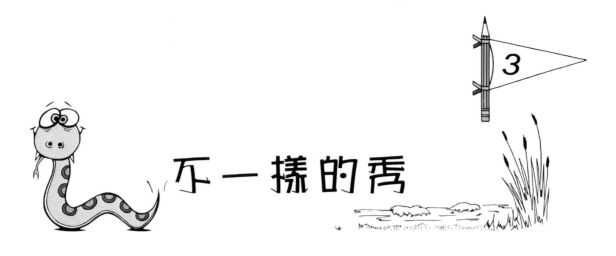

不一樣的秀

熊媽媽要出差三天，擔心熊爸爸照顧不了小熊全全，因為才上一年級的全全，喜歡賴床，也不會自己穿制服和鞋襪。爸爸拍著胸脯說：「放心啦，有我，一切就搞定。」

一早，鬧鐘像往常一樣響著，熊爸爸發揮「一指神功」，鬧鐘馬上閉嘴。

突然電話鈴響了，熊爸爸迷迷糊糊抓起全全的手喊「喂」，全全正做著被惡魔抓住的夢，迷迷糊糊咬了熊爸爸一口。熊爸爸痛得大叫，清醒了，全全也被熊爸爸吵醒了。電話鈴還在響，熊爸爸抓起電話，才喊一聲「喂」，那一頭熊媽媽連珠炮的聲音傳來「我就知道你起不來，現在幾點了你知道嗎？——」

熊爸爸兩腳迅速著地，對著電話大叫：「老婆，我沒時間跟你解釋了，晚上再說！」接著，熊爸爸好像在表演電影裡的快動作，把自己和全全的衣服穿好，抓了公事包和全全的書包，就往學校跑。

到了「愛愛小學」，熊爸爸對全全說：「快點進去，爸爸要趕去上班了。」

全全跑進教室，同學圍個圈圈在聽山羊老師說故事。老師要全全放下書包，跟大家一起坐下來。全全才坐下來，旁邊的小狼指著他的襪子大笑。其他小朋友也跟著大笑，全全看看自己的襪子，一隻紅的，一隻綠的。全全的臉好紅好紅，心裡好氣好氣，是爸爸幫忙穿的，爸爸太糊塗了。

全全低著頭，淚水在眼眶裡打滾，兩隻手拼命要把褲管抓長一點。

小青蛙帶頭唱：

　　紅配綠，狗臭屁。

小朋友也跟著唱：

　　紅配綠，狗臭屁。

全全的臉色和襪子的顏色一樣，一下子紅，一下子轉綠。

山羊老師走到全全的身邊，他要大家安靜，然後對大家說：「校長要每一班想一個耶誕節同樂會的節目，我一直在傷腦筋，全全給我一個靈感，我們班可以來一個『不一樣的秀』。」老師幫全全把褲管捲起來，請全全到中間，學模特兒走路，在大家面前繞一圈。

剛開始全全低著頭，小步走。老師口中念著：

　　紅配綠，真神氣；抬頭挺胸，有力氣。

小朋友也跟著念：

　　紅配綠，真神氣；抬頭挺胸，有力氣。

隨著小朋友響亮的聲音，全全抬起頭，挺起胸，臉上有光彩了。

接著，老師告訴大家，耶誕同樂會時，大家發揮想像力和創造力，打扮得不一樣，創造不一樣的效果。

經過這一次，小熊全全不敢賴床了，也學會自己穿制服和鞋襪，他可不想再有「不一樣」的穿著，因為耶誕節還沒到啊！

耶誕節的腳步近了，大家都絞盡腦汁，要想出「不一樣」的裝扮。

到了那一天，有的班級唱歌，有的跳舞，有的演戲，好不熱鬧。輪到山羊老師的班上場了，小狼的左手戴著棒球手套，右手戴著拳擊手套；小猴的右腳是哥哥的跑步鞋，左腳是媽媽的高跟鞋，走路一扭一扭的。小鹿的

右角漆成紅色，左角漆成紫色；大象的左耳畫成黑白斑紋，右耳畫成黃綠斑紋，兩耳不斷的搧著。大牛有一個綠眼圈和一個紅眼圈；小熊穿著一件吊帶褲，左邊是黑色亮晶晶的緊身褲，右邊是白色寬大的喇叭褲。……最後出場的山羊老師，只有半邊金鬍子。

他們齊聽唱：

誰說袖子要一樣長？

誰說褲管要一樣高？

不一樣的秀，

請你秀一秀，

秀出你創意的頭腦。

觀眾的掌聲如雷，台下熊爸爸驕傲的對熊媽媽說：「要不是我，就沒有今天這場『不一樣的秀』，我早說過了，有我，一切都搞定！」

叫大蟒蛇
起床

問題來找碴

1. 你有沒有在服裝上出過糗的經驗？

_____

_____

_____

_____

_____

2. 想一想，將來會不會流行穿兩腳不同花色的襪子或不同款式

　　的鞋子？

_____

_____

_____

_____

_____

3. 若要你搞創意，你會有什麼點子？

_____

_____

_____

_____

快樂來塗鴉

快樂來塗鴉

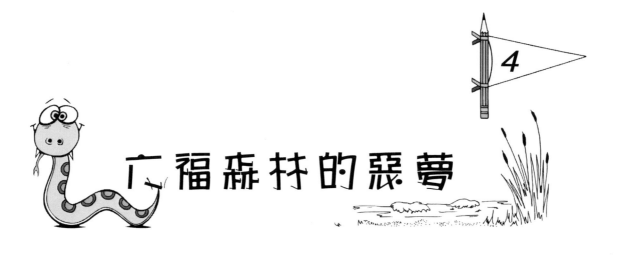

六福森林的惡夢

驢球和驢蛋兩兄弟睡了一覺起來，車子還在原地。

「比烏龜還慢嘛！」驢蛋忍不住抱怨。

自從六福森林裡引進車子以後，大家都迷上這種新興玩意，再也不願意用腿走路，即使是鳥類，為了保護他們的翅膀，也改搭汽車了。結果森林裡車滿為患，馬路來不及拓寬，塞車變成司空見慣的事。

驢球兄弟原本是載貨的交通工具，現在也失業了，到處找工作又老是碰壁。擠在車裡的滋味真不好受，鸚鵡一下子學豬爺爺打呼，一下子學狗司機罵人，吵得很！刺蝟一緊張全身就進入戰備狀況，旁邊的人都遭殃。

好容易車子開動了，不一會兒又停下來，狗司機心裡不高興，來個緊急煞車，大家就東倒西歪，嘴巴發出不高興的吼叫。

驢球的肚子唱起空城計，咕嚕嚕，咕嚕嚕！這種聲音好像會傳染，全車咕嚕嚕的聲音此起彼落，好不熱鬧。

聰明的兔媽媽，拿出一條胡蘿蔔，啃得正起勁，惹得一旁的驢球和驢蛋，猛把口水往肚裡吞。

驢球看看其他乘客，靈機一動，對驢蛋說：「我想到我們的新行業了。」他帶著驢蛋擠到前面，要求狗司機開門讓他們下車，狗司機嘟噥兩聲，把車門打開，讓他們下車。其他乘客依舊不動，他們寧可忍受塞車之苦，也不願勞動自己的玉腿。你該看看馬小姐腳上那四隻漂亮的高跟鞋，實在不適合走路，她原本也是載貨的，現在轉行當歌舞團裡的跳舞女郎。

驢球兄弟在車陣裡奔跑，很快就到家了，他們忙著為新行業做準備。

　　第二天黃昏，擁擠的馬路旁出現一個小攤子，鍋裡正煮著熱騰騰的餛飩，驢球忙著煮，驢蛋忙著端給客人，順便收錢。他們把餛飩賣給車上的乘客，別擔心車子一開動，不好吃那湯湯水水的東西，因為車子即使開動了，也走得很慢，顧客吃完，驢蛋都還來得及跟他們收碗呢！

　　賣餛飩成了驢球兄弟的新行業，他們生意興隆，再也不會抱怨塞車了。

　　驢球兄弟的生意興隆，就有許多家庭跟進：長臂猿一家賣煎餅，狐狸一家賣臭豆腐，鵝媽媽做出各種口味的奶茶……，整條馬路邊更顯得擁擠不堪。

　　新的問題產生了，由於大家缺乏公德心，到處是垃圾。他們賺了錢後只是比，比誰家買的新車漂亮，誰家住的房子大！

　　接著許多車禍發生，因為誰也不讓誰，結果大車撞小車，小車撞行人，醫院裡大多是車禍受傷的病患，床位都不夠用了。警察局、法院更為車禍的糾紛，常常鬧成一團，六福森林的居民越來越不快樂。

　　塞車的情況更嚴重了，空氣污染的情況也跟著嚴重，出門不戴上口罩準被嗆。大家要森林長水牛伯想辦法，水牛伯慢慢的說：「大家少買車，少開車，空氣自然清新，車禍也會減少……」話還沒說完，狐狸就說：「那多不方便，用腳走路又慢又累，再想想其他方法吧！」

　　大狼說：「我們六福村好容易走上文明，跟上人類的一些腳步，怎麼可以走回頭路呢？多的是落後的森林，待不下去的就移民嘛！」

　　驢球說：「移民就移民，我們兄弟一直都是靠自己的腿走路，卻要忍受你們製造出來的髒空氣，這裡我們早就待不下去了！」

　　牛伯伯說：「我也跟你們兄弟一塊移民去。」

　　於是驢球、驢蛋兄弟，還有牛伯伯一家好幾口，浩浩蕩蕩出發了。狐狸當選新的六福森林長，馬上換一部超級馬力的大車，好不威風啊！

　　驢球兄弟一行來到歡喜森林，這裡的動物還不知道什麼是汽車，所以他們很快找到工作，做他們的老本行，每天快樂的奔跑在森林各處，幫大家

送貨。牛伯伯一家也找了塊土地，勤勞的耕種。

　　日子一天天過去，六福森林的居民太依賴汽車，結果四肢越來越瘦弱，體力越來越差。他們出門都得全副武裝，鋼盔可以防止在頻繁的車禍中受重傷，氧氣罩是避免呼吸到汙濁的空氣用的。生活變得像一場惡夢，不知道哪一天，他們才會從惡夢中驚醒？

叫大蟒蛇起床

問題來找碴

1. 有哪些大城市和六福森林很像？

_____

_____

_____

_____

_____

2. 你有受過塞車之苦嗎？塞車的時候，你可以做什麼？

_____

_____

_____

_____

_____

3. 想一想，車輛太多對環保有什麼影響？

_____

_____

_____

_____

_____

快樂來塗鴉

快樂來塗鴉

花蛇的布袋裝

花蛇一大早起來，對著衣櫃發呆，穿來穿去就是這幾款衣服，不是緊身衣就是布袋裝，沒什麼特殊的花樣。要怪就怪這直溜溜的身材，沒有凹凸變化，也沒手沒腳，衣服當然變不出花樣。

她挑件碎花布袋裝穿，還在頸上繫個蝴蝶結，但對著鏡子一瞧，還是覺得土里土氣。

花蛇噘著嘴出門，才出門不久就碰到一隻青蛙，青蛙穿一件芭蕾舞裙，正在荷葉上做踮腳練習，她長長的腿，穿上那件蕾絲邊的舞裙，美極了。

不過花蛇心裡這麼想，嘴裡可不這麼說，她酸溜溜說道：「青蛙小姐，我如果有你那一雙修長的腿，一定可以跳出曼妙的舞姿，不會像你一樣，活脫脫一副鴨子划水的模樣。」

青蛙一聽，羞愧的躲進荷葉下，不敢見人。花蛇這才覺得心裡舒服些，扭腰擺臀往前爬去。

接著，花蛇遇見一隻四腳蛇，四腳蛇穿著帥氣的牛仔褲裝，正在草叢裡打拳，虎虎生風。那褲管還有反褶的花邊，帥得嗆人！

花蛇說：「喲，瞧你還叫蛇呢，那四隻腳也不嫌多餘，打這種花拳繡腿，也不怕丟我們蛇族的臉。」

四腳蛇一聽，趕緊躲進草叢裡，動都不敢動。

花蛇這會兒心裡才又加入一絲絲喜悅的成分，她閒閒往前溜去。田野上，各種花朵迎風開放，花蛇忍不住吸了一口芬芳的氣息，透體清涼。可

是當她一眼看見正在吸花蜜的蝴蝶，心裡又不舒坦了，因為蝴蝶那漂亮的翅膀，就像披著一件薄紗，隨著風兒飄，真如天仙一般。花蛇常想：「我若能長一對翅膀就好了。」

她當下爬到蝴蝶旁邊說：「蝴蝶姑娘，你一天到晚吸花蜜，也不怕腰變粗，到時候沒人愛！」蝴蝶一聽，拍拍翅膀走了，誰都知道花蛇出口沒好話。花蛇這才伸出舌頭，仰天長「笑」一番。

遠遠的，一隻蜈蚣走來，那身花衣裳不必說，光是腳上的鞋子就夠令人眼花撩亂。花蛇的笑聲變得很乾澀，她一向羨慕蜈蚣那些腳，當它們穿上五顏六色的鞋，像一排彩色的糖果，多叫人著迷呀！可笑的是蜈蚣背後拉著一大綑柴，把畫面給破壞了。

花蛇說：「蜈蚣姑娘，我要是像你有這麼多腳可以穿漂亮的鞋，就每天打扮得花枝招展，到處串門子聊天，哪像你還辛苦工作啊！」

蜈蚣嘆口氣說：「我是很想如你說的那樣，打扮得花枝招展，到處串門子。可是我們蜈蚣族的，光是採買鞋子的花費就不少，不努力賺錢哪有鞋子穿！偏偏現在大家講究文明，出門都要穿戴整齊，我這些鞋不但浪費錢，穿的時間才浪費呢！花蛇，真羨慕你，沒手沒腳樂逍遙，布袋裝一套，可以爬遍天下，我卻被這些腳害慘了。」

花蛇看看自己，不敢相信的說：「你該不會是諷刺我沒手沒腳，不但沒鞋穿，連衣服的樣式都很少，穿個布袋裝土裡土氣。」

蜈蚣誠懇的說：「花蛇，你不知道，我們蜈蚣有多羨慕你們，布袋裝穿起來多瀟灑，我們腳多，衣服上要開很多洞，裁縫師看到我們就頭痛，做衣服的工錢當然不便宜，為了應付這些開銷，我們每天努力工作，連休息的時間都沒有。不相信，你來把我的鞋帶解開，看要花多少力氣？」

花蛇心想，那還不容易，就動嘴幫蜈蚣解鞋帶，解著解著，嘴巴還真是酸，而解開的鞋帶，前後纏在一起，她怎麼分也分不好。蜈蚣自己開始繫鞋帶，一隻鞋，兩隻鞋，都是要花時間的，花蛇終於相信蜈蚣羨慕她了。

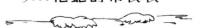

　　花蛇想：「也許青蛙、四腳蛇、蝴蝶他們，也有他們的煩惱，我一天到晚只知道羨慕別人，嫉妒別人，結果都沒發現自己的優點，反而把大家都得罪光了，生活得一點也一快樂。蜈蚣說得對，沒手沒腳樂逍遙，老天讓我們蛇族沒手沒腳，原來有他的用意。」

叫大蟒蛇
起床

問題來找碴

1. 你對自己的長相和身材滿意嗎？

_____

_____

_____

_____

_____

2. 如果每個人長得都像模特兒，這會是怎麼樣的世界？

_____

_____

_____

_____

_____

3. 能不能找出自己的特色，接受自己的特色，愛上自己的特

   色？

_____

_____

_____

_____

_____

快樂來塗鴉

快樂來塗鴉

阿兔雪恥記

在「龜兔賽跑」中敗陣下來的阿兔，成了「森林畫報」報導的風雲動物，但不是那種威風八面的角色，而是人見人笑的小丑。

阿兔對自己說：「我要洗刷小丑的醜名，讓大家看看，誰才是真正的英雄！」他認為上次都是睡覺惹的禍，這次決定清醒到底。不過這次要換個對象，比較有新鮮感。

「誰最有資格接受我的挑戰呢？」阿兔想。他靈機一動，趕緊摘下一片芭蕉葉，上面寫著：

> 蝸牛先生，如果你不想當狗熊，就請接受我的挑戰，咱們來賽跑。
>
> 阿兔敬邀

蝸牛哪裡忍得下「狗熊」這種稱號，他勇敢的接受挑戰。

阿兔在賽跑前做了萬全準備，他為自己調配一大碗秘方：咖啡、烏龍茶、大蒜加上辣椒粉。喝下去後眼淚、鼻涕直流，但全身的毛豎立，精神十足。

狐狸先生手中的槍聲一響，阿兔和蝸牛先生上路了。全身冒熱氣的阿兔像火箭一樣彈飛出去，把慢郎中蝸牛甩得遠遠的。

那碗秘方的威力真是不小，跑了一陣子，阿兔的腸子好像糾成一團，他得找個地方「蹲馬桶」。阿兔躲在草叢裡蹲馬桶，蹲完舒服多了。可是地下傳來喧鬧的聲音，阿兔好奇的撥開附近的草，發現一個洞穴，聲音就由那裡傳來。

阿兔看看路的盡頭，還不見蝸牛的影子，就鑽進洞穴去。走過一條狹長的地道，眼前漸漸寬闊，他看見許多地鼠，旁邊有一個牌子寫著「烏龍運動會」。

運動會主席看到阿兔，高興的向大家宣布：「大名鼎鼎的森林小丑阿兔光臨，我們請他參加三項全能競賽好嗎？」大家都拍手叫好。

聽到掌聲，阿兔的腳底發癢了。他想：「憑你們這些短腿鼠，還敢和我一較短長？讓我先收拾你們，再去解決那隻蝸牛，到時候我可是雙料冠軍哩！」

阿兔跨入第一個戰場，是「抬頭挺胸向後跑」這一項。抬頭挺胸不難，難的是向後跑，後腦勺又不長眼睛！和那些地鼠比起來，阿兔是最高壯的，可是開跑後，他卻像喝醉酒一樣，跑得東倒西歪。那些地鼠訓練有素，老早在終點等他。這一項阿兔得最後一名，腿已經有點酸了。

第二戰場的比賽項目是「倒轉乾坤向前衝」，就是頭在下，尾巴在上，繞著運動場跑五圈。這對阿兔是大挑戰，因為他臀部太肥，倒立後上面重下面輕，不好平衡。阿兔好容易把自己倒立起來，卻感覺好像天地大旋轉。他咬緊兩顆大暴牙，用兩隻發抖的前肢邁進。途中他的肥臀常往下掉，他得重新倒立。折騰到終點，其他對手早就等睏了。當阿兔把身體的位置恢復正常後，還眼冒金星，全身肌肉已有八分痛了。

第三項是「一柱擎天撐竿吊」，就是拿根竹竿，助跑後撐高跳起，然後吊在半空中的橫竿上，做幾個前翻後滾的動作。前面的幾隻地鼠動作很漂亮，阿兔想那也許不難。但當他把自己吊在橫竿上時，才記起他有懼高症，一陣強烈的暈眩後，他筆直的掉在下面的沙坑裡。

一大盆涼水總算把昏迷的阿兔澆醒，全身的肌肉和骨頭好像分家了，他一時還無法指揮它們。等他想到和蝸牛的比賽，趕緊用最後一分力量爬起來，傻傻的向看熱鬧的地鼠笑笑（比哭還難看），十二萬分困難的往地道口爬過去。

出了洞口，阿兔好像從鬼門關逃出來一樣，長長吐出一口氣，但大事不妙，蝸牛已經接近終點了，阿兔努力往前爬，他告訴自己：我要雪恥，我不能輸……

當阿兔爬到終點時，狐狸向大家宣布：第二名阿兔終於「爬」到終點了。那時蝸牛已經被抬上冠軍椅，兩隻觸角伸得好長好長。

「森林畫報」登了好多阿兔在烏龍運動會上的美姿，有倒立的苦瓜臉，摔跤的肥臀等等，大標題是：

森林小丑阿兔

烏龍運動會連輸三關

與蝸牛賽跑慢了一步

阿兔整整躺了半個月才恢復體力，短期內他大概不敢想到「雪恥」這兩個字了。

叫大蟒蛇
起床

問題來找碴

1. 有沒有聽過龜兔賽跑的故事？

2. 阿兔雪恥失敗的主要原因是什麼？

3. 請你替阿兔挑選下一次挑戰的對象。

快樂來塗鴉

快樂來塗鴉

 變聲器

　　烏鴉小蕊在發明博覽會上買到一種「鳥類變聲器」，拿回來後，轟動了烏鴉界，因為烏鴉們常為自己的聲音沙啞低沈，不夠悅耳而煩惱或自卑，所以當小蕊買回這個變聲器，試驗過後，效果良好，大家都想要買，於是族長派小蕊及幾隻代表去買。

　　這個變聲器的設計非常好，它有好幾種頻道，可以發出黃鶯、雲雀、九官鳥等各種鳥類的聲音，這對烏鴉族來說，真是太理想了。只是有個缺點，就是變聲器得戴在喉嚨，有點不舒服，吃東西的時候還要拿下來；但對烏鴉來說，能夠擁有一副好嗓子比什麼都重要，所以這些不舒服和不方便，他們都忍住了。

　　由於需求量太大，一時來不及製作，能擁有變聲器的烏鴉不多，每當那些烏鴉試用變聲器的時候，都有一大堆同伴圍觀。他們用羨慕的眼光看著，恨不得馬上擁有；有變聲器的烏鴉，應觀眾要求，發出不同鳥類的聲音，贏得許多掌聲。尤其是唱起歌來，更是好聽。有變聲器的烏鴉，天天唱著歌，模仿各種鳥類的聲音，烏鴉國變得一片鳥語花香的樣子。還沒買到變聲器的烏鴉，聽了同伴那麼好的歌聲，連話也不敢講，寧可暫時當啞巴。

　　別的鳥類對這件事有什麼看法呢？他們覺得很不習慣，因為他們已經把烏漆抹黑的烏鴉和低沈沙啞的聲音聯想成一體，所以當烏鴉發出不同的聲音，他們都感到奇怪，甚至感覺刺耳。又由於烏鴉的變聲器可以調整，講著講著忽然變聲，聽起來更難過。烏鴉才不管這些，他們喜歡賣弄變聲

器，所以常變來變去，讓你搞不清楚到底是誰在講話。

有了變聲器，烏鴉們也喜歡惡作劇起來。他們常模仿別種鳥類求偶的聲音，等那種鳥飛過來，他們就拿下變聲器哈哈大笑。許多鳥類上當以後，都很討厭烏鴉。

森林裡要舉辦合唱比賽，照往年一樣，由黃鶯丹丹出來號召。烏鴉族也派了幾隻，他們現在戴上變聲器，個個信心十足，都想為本區爭取好成績，去年就是本地的合唱團得冠軍。

當他們選好曲子開始練習時，怎麼唱都覺得不好聽，練了好久也沒進步。小蕊也是烏鴉的代表之一，她很不高興的說：「為什麼大家都不用心唱，我們烏鴉族今年還特別裝上變聲器，再這樣唱下去，太辜負我們了。」

雲雀阿金說：「我看問題就出在你們的變聲器上，就是你們調得不好，才會破壞大家的合聲。」

九官鳥阿如也說：「你們烏鴉的變聲器唱出來的都是模仿我們的聲音，那還要你們做什麼？」

這句話提醒指揮丹丹，他說：「我們唱不出悅耳的合聲，恐怕是因為少了烏鴉們原本的聲音，那種聲音單獨聽起來也許不怎麼好聽，但在合唱中卻能發揮作用，使我們的歌聲好聽。」

大家點點頭表示同意丹丹的看法，可是烏鴉族的代表，誰也不願意拿下變聲器，他們不願意放棄自己的美聲。

阿如說：「可惜變聲器沒有烏鴉的聲音，不然我們可以買幾個變聲器，我自願調出烏鴉的聲音來配合大家。」

有幾隻歌聲很好的鳥都表示願意學阿如，小蕊他們這幾隻烏鴉想一想，商量了一下，然後小蕊代表發言：「我們聽了各位的話很感動，所以決定拿下變聲器試試看。」

當小蕊他們拿下變聲器，合聲真的變了，變得悅耳好聽，於是烏鴉們才

知道自己的聲音並不是一無用處。

這一次合唱比賽當然還是由他們得第一名，以往嘲笑烏鴉的鳥類，對烏鴉的聲音不敢小看了，烏鴉們對自己的聲音也有了信心。

變聲器用久，有的會故障，送去修理會被商人敲竹槓，而且那些商人知道烏鴉喜歡用，都抬高變聲器的價錢。鴉族開會商量，小蕊說：「其實我們原本的聲音很有特色，為什麼要學別人的聲音？」

其他烏鴉也紛紛表示戴變聲器其實很痛苦，吃東西時拿上拿下也不方便，最重要的是聽同伴講話，覺得沒有真實感，所以最後的決議是：放棄變聲器！

放棄了變聲器，能毫無束縛地發出聲音，真是一大享受，烏鴉們很慶幸牠們找回自己的聲音。

森林裡又恢復往日的模樣，黃昏時幾聲沙啞低沈的叫聲，總會使森林裡增加幾分神秘感。

叫大蟒蛇
起床

問題來找碴

1. 如果有一種變聲器，能把你的歌聲調到跟你的偶像歌手一樣，你會買來戴嗎？

2. 你聽過烏鴉的叫聲嗎，是不是真的很難聽？

3. 你最喜歡哪一種鳥的叫聲，為什麼？

快樂來塗鴉

快樂來塗鴉

醜老石和小蝴蝶

在曠野上，有一塊好大好大的石頭，石頭的表面凹凸不平，經過的人都叫它「醜老石」。醜老石常常在夜晚時，對著天空嘆息，可能是太孤單了吧！

距離這裡約兩公里的地方，有一座森林，森林裡住著各種動物，非常熱鬧，但他們很少到曠野來，所以醜老石沒有什麼朋友。

春天到了，醜老石正享受暖和的陽光。突然有一隻小蝴蝶飛來，停在醜老石身上。醜老石覺得很奇怪，就問她：「美麗的小蝴蝶，你為什麼不在森林裡和大夥兒玩，卻獨自跑到曠野來呢？」

「石頭公公，你先說我美不美麗？」小蝴蝶問。

「美麗啊！看你身上穿的花衣服，多麼漂亮啊！」

「可是他們不承認我是最美麗的蝴蝶，我不理他們了！」小蝴蝶生氣的說。

醜老石說：「小蝴蝶，所有的蝴蝶都是美麗的。你趕快回去吧，大夥兒在一起多快樂！」

「不要，我不要回去。我覺得自己是世界上最美麗的蝴蝶，他們嫉妒我，才不承認我美麗。聽說很遠的地方有個蝴蝶谷，他們每年都會選出最美麗的蝴蝶當『蝴蝶仙子』，我如果去蝴蝶谷，一定會被選為蝴蝶仙子。」小蝴蝶陶醉的說。

醜老石搖搖頭，說：「小蝴蝶，你覺得我美不美？」

小蝴蝶回答說：「石頭公公，說實在的，你一點都不美，你沒有花衣

服，身上凹凹凸凸，又冷又硬，難怪別人叫你醜老石。可是人家都說你心腸很好，如果有人迷失了，你會幫他們指示方向。」

醜老石說：「天黑了，小蝴蝶，你今晚就睡在我這裡，我告訴你一個星星的故事。」

「好哇！天上的星星好美好亮喲！」

醜老石先嘆一口氣，才說：「很久很久以前，我也是天上的一顆星星，擁有許多星星朋友，我們在一起唱歌、玩耍。可是，我老覺得自己最亮，應該被選為『星星王子』。我喜歡指揮別人，我的脾氣很壞，漸漸的，朋友們受不了我，而我也看不起他們。有一天，我決定要離開他們，到很遠的地方交新朋友。於是，我不聽他們的勸告就走了。為了引起別人的注意，我拚命的發光，卻因此燃燒起來，摔到地球上，變成一顆又硬又醜的石頭……。每到晚上，我看著朋友們在天上發光，好像在對我眨眼睛，告訴我說『該回家了。』我好想念他們，我……」

醜老石再也講不下去，臉上濕濕的；小蝴蝶一面替他難過，一面也知道自己錯了。

隔天一大早，太陽公公還在伸懶腰，就有一大群蝴蝶飛出森林，焦急的叫著小蝴蝶。小蝴蝶這時才知道，友情是很可貴的，她相信石頭公公的話：「所有的蝴蝶都是美麗的。」

小蝴蝶向醜老石告別：「石頭公公，謝謝你，我會常常來找你玩。」說完，跟著一大群蝴蝶，歡天喜地飛進了森林。

從此，醜老石也不再孤單了，因為他多了許多蝴蝶朋友。

問題來找碴

1. 有什麼星星會掉落到地面，變成石頭？

_____

_____

_____

_____

_____

_____

_____

_____

2. 小蝴蝶為什麼要離開森林？

_____

_____

_____

_____

_____

_____

_____

問題來找碴

3. 你覺得「美」和「醜」有絕對的標準嗎？

快樂來塗鴉

快樂來塗鴉

誰的本事大

　　小花、小白和小黑是三隻小老鼠，同在一個班級上課，他們最愛抬槓，常常為一件事而爭得面紅耳赤。

　　某一天，三隻小老鼠在一棵大樹下玩耍，後來，他們又吹噓起自己的本事來，誰都覺得自己的本事最大。

　　他們吵不出結果，就決定找個同學來當裁判，評評他們誰的本事強。剛好小灰經過，小花提議說：「讓小灰來當裁判吧！」

　　雖然他們都覺得小灰傻呼呼的，但沒別的同學，只好讓小灰當裁判。

　　小白說：「我的尾巴有神力，倒掛在樹枝上，不會掉下來。」說著就爬上樹幹，找個小枝條，把尾巴那麼一彎，來個倒鉤姿勢，身體晃盪晃盪，嘴裡還哼著歌。

　　「了不起！」小灰邊拍手邊說。小花和小黑卻一臉不屑。

　　小黑說：「我有草上飛的功夫，你們從一數到十，我就可以像蜻蜓點水一樣，跳到對岸採朵野花再回來。」說著只見他一溜，黑色的影子掠過河面，到了對岸，摘下一朵野花，黑色的影子再一掠，又回到原來的地方。

　　「你也了不起！」小灰讚嘆的說。

　　小花說：「我鑽洞的功夫很好，可以從這一頭下去，一會兒就從那一頭出來。」說著就往下鑽，不一會兒，從樹的那一頭出來，輕鬆的回到大家身邊。

　　「你的本事也了得！」小灰又忘情的拍手叫好。

　　小花他們不高興啦，一定要小灰分出高下。小灰分不出來，他們就要小灰表演一項本事，否則不放過他。

　　小灰想了好久，最後請小花他們閉起眼睛，他們心裡都想：「是什麼見不得人的本事呀！」才想著，突然聽到一聲貓叫，三隻老鼠沒命地逃走了。

　　小灰大聲的說：「我會的本事只是學貓叫，你們為什麼要跑呢？」

　　那三隻自以為本事很大的老鼠，早已跑得無影無蹤了。

問題來找碴

1. 小灰學貓叫，為什麼會嚇到其他三隻老鼠？

2. 你玩過貓捉老鼠的遊戲嗎？

叫大蟒蛇
起床

問題來找碴

3. 現在很多人家裡養貓，是為了抓老鼠嗎？

快樂來塗鴉

快樂來塗鴉

魚兒和花兒的祕密

柔兒一家三口要去郊遊，爸兒準備釣竿，媽兒帶了花籃，柔兒提著畫具。他們到一個有花、有樹、有小河的地方，爸兒釣魚去了，媽兒採花去了，柔兒選好一棵大樹，她要在大樹下畫畫。

畫什麼呢？柔兒對著藍藍的天空發呆。

好安靜的原野，世界上彷彿只剩下柔兒一人，陽光穿過樹葉，變成好多小眼睛一樣投射在地上，風一吹來，小眼睛就眨呀眨呀！柔兒突然好想念爸兒媽兒，可是她不想去打擾他們，「有了，我來畫魚兒花兒，這樣就好像和他們在一起了。」

柔兒想完馬上動手畫，她畫得很專心，畫了一些奇形怪狀的魚和奇形怪狀的花。國王魚留著長長的鬍鬚，拿根長拐杖，帶著皇后魚、公主魚們出來散步，皇后魚穿一件銀色的披風，公主魚們都穿白紗長裙。其它還有蝦子僕人、螃蟹車夫等，好熱鬧的海底世界。花瓣紛紛落下，掉在公主們的白紗長裙上，蝴蝶也來湊熱鬧，繞著公主們轉。

「不對啊，水裡沒有蝴蝶！」

「誰說，蝴蝶也可以學游泳啊！」柔兒自言自語，就畫下好幾隻蝴蝶。正當她畫得入神時，「ㄆㄧㄚ」一聲，一坨黏黏濕濕的東西掉在圖畫紙上，柔兒嚇一跳，抬頭一看，一隻小鳥飛過，「哦－原來是小鳥的媽媽忘了幫他穿紙尿褲，他以為我的紙是馬桶。」柔兒對著一坨鳥大大發呆，不知道該怎麼辦？

突然海底的魚蝦們都來搶鳥大大吃，國王魚忙著用拐杖指揮大家，大

家才按秩序吃。魚公主們不想去吃，只喜歡聞花的香味，她們一瓣一瓣聞著，連柔兒也好像聞到香味了。突然水底又秩序大亂，原來是有好多蚯蚓跑來了，那是爸兒釣魚用的，海底世界又大亂了，誰也不聽指揮，國王魚氣得鬍子都翹起來。花瓣也愈落愈多，公主們好高興，把花瓣串成花環，戴在頭上，圍個圈圈唱歌跳舞。

柔兒想畫些水草把吃東西的魚和跳舞的魚分開，可是她一時找不到綠色筆，就拔些小草把他們隔開，她忙著趕魚，跑來跑去，覺得好累，正想休息一下，爸兒媽兒來了，媽兒問她畫好了沒？爸兒大叫說：

「哇－好漂亮的圖，有各式各樣的花和魚，還有蝴蝶呢，嗯，想像力不比爸兒差。」

柔兒看看空空的魚簍和空空的花籃，疑惑地看著他們，爸兒說：

「今天的魚胃口很大，搶著吃。」

「而且他們很聰明，不上鉤！」媽兒接著說。

「媽兒說她弄很多花環，她們都長翅膀，飛走了。」

柔兒看看她畫裡的魚都吃得肥嘟嘟的，再看看公主魚們頭上的花環，她知道魚兒和花兒們的秘密了，她趕緊看看小鳥大大的地方，還有一點點痕跡，她打算邊走邊講故事給爸兒媽兒聽。

問題來找碴

1. 故事的國王魚、皇后魚和公主魚，各有什麼裝扮？

_____

_____

_____

_____

_____

_____

_____

_____

2. 什麼東西引起魚兒們搶著吃？

_____

_____

_____

_____

_____

_____

_____

叫大蟒蛇
起床

問題來找碴

3. 爸爸想要釣的魚和媽媽做的花環哪裡去了？

快樂來塗鴉

快樂來塗鴉

毒液派

　　太陽越來越熾熱，埋伏在草叢中的小蛇和小蠍，等得很不耐煩。

　　小蛇說：「小蠍，今天再沒有倒楣蛋來，我們就收工了吧。」

　　小蠍回答：「不行，不行，毒心狼說最近生意不好，我們一定要找些倒楣蛋下手。」

　　「有了，我聽到沉重的腳步聲，快，把機關架好，準備發射。」小蛇和小蠍把毒夜裝在管子裡，埋伏在草叢中，等倒楣的動物經過，他們就射向那個倒楣蛋，讓倒楣蛋中毒，然後再把毒心狼製作的解藥賣給他。

　　倒楣蛋一步步進入射程，小蠍連續發射三枝毒針。等他們出來準備推銷解藥時，發現一隻大象好端端站著。大象笑著說：「小朋友，怎麼不去上學，卻在這裡玩射擊遊戲？喏，這三隻針還你們。不要再惡作劇了，針刺進去會痛吔！」

　　小蛇對小蠍翻翻白眼，怪他沒搞清楚對象，這種厚皮象，應該用大管針才對。

　　小蛇對大象說：「少教訓我們了！算你運氣好，今天饒你一次，下次小心點。」

　　大象愣了一下，說：「怎麼不去學校呢？」

　　小蠍回答：「學校是個壞地方，老師沒有愛心，同學也沒有愛心，我們才不去。」

　　大象聽了又是一愣，用鼻子搔搔頭說：「我會讓學校變成一個好地方，你們等著瞧吧。」說完就一步步往前邁去。

　　大象是瓜瓜森林小學的新校長，他一到學校就問學務主任，為什麼小蛇和小蠍不上學？

　　小蛇和小蠍原來是上學的，但是他們和小朋友玩的時候，一不小心就會把毒液弄到小朋友身上，害小朋友中毒，家長都不准小朋友和他們玩。

　　他們在學校裡沒有朋友，就翹課去玩，毒心狼知道了，決定要利用他們發財。他把小蛇和小蠍找到家裡住，讓他們吃吃喝喝打電動。毒心狼還把他們的毒液收集起來，裝在針管裡，再用一些毒液製造成「毒液派」這種解藥，然後叫他們埋伏在草叢中，對經過的動物射出毒液，讓他們中毒，再把毒液派賣給他們去解毒。小蛇和小蠍覺得這件事很有趣，尤其他們心裡正有氣，苦無地方發洩。

　　受害者越來越多，有毒心狼在操縱，誰也拿他沒辦法。

　　大象迅速去找毒心狼，請毒心狼停止製造毒液派。

　　毒心狼瞪一眼大象，邪惡的說「大家應該感謝我才對，我如果不製造毒液派，若被他們咬到，要用什麼來醫？」

　　「你這不是強辭奪理嗎？」大象說。

　　毒心狼說：「大象校長，我對你很尊重，如果你有興趣，可以當我的合夥人。你能分到的紅利，絕對比你的薪水還多」

　　大象生氣的走了，他要好好想個辦法。

　　有一天，大象請小蛇和小蠍到家裡來，請他們在兩張紙上簽名。他們一看，紙上寫的是「本瓜瓜森林小學毒液教室，特聘小蛇和小蠍為委員，希望致力毒液研究，推廣毒液的用法」。

　　小蛇和小蠍不知道該不該接受，大象說：「其實你們的毒液很有用處，但是你們把它用在不好的地方，結果變成害人的東西，大家都不敢接近你們。」

　　「可是這樣做太對不起毒心狼啦！」小蛇憂慮的說。

　　「而且我們又沒有其他朋友。」小蝎也跟著說，

　　大象說：「傻孩子，只要你們把毒液用在正當的地方，就不會再傷害到別人，這樣就能交到朋友了。至於毒心狼，他純粹是在利用你們，你們還願意幫他害大家嗎？」

　　在大象校長的勸導下，小蛇和小蠍又回到學校上課，而且努力帶領同學，在毒液研究教室裡做研究。校長也聘請一些專家來指導它們，從此瓜瓜森林小學毒液研究教室，成了一個重要的地方，你如果想要了解各式各樣的毒蟲，請來瓜瓜森林小學，這裡有許多模特兒，每天來奉獻他們的毒液呢！

　　至於毒心狼，因為沒有人願意提供他毒液，只好改邪歸正，在毒液教室當個顧問，他製作的毒液派，看起來挺香酥可口，並且真的用來救那些不小心中毒的人喔。

叫大蟒蛇
起床

問題來找碴

1. 故事裡的小蛇、小蠍為什麼沒有朋友？

_____

_____

_____

_____

_____

2. 你能說出哪些動物具有毒液？

_____

_____

_____

_____

_____

3. 在野外萬一被毒蛇咬到了要怎麼辦？

_____

_____

_____

_____

_____

快樂來塗鴉

快樂來塗鴉

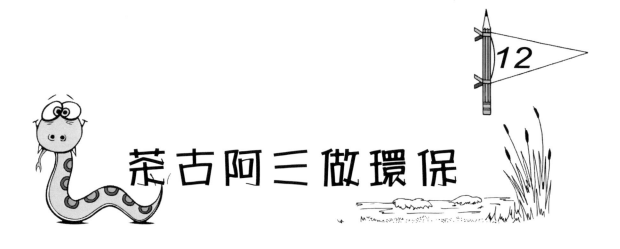

茶古阿三做環保

　　做夢都沒想到，我茶古阿三也有當環保小尖兵的一天，我年紀雖大，幹起活來卻不輸小夥子，嘿喲！嘿喲！

　　說起我茶古阿三，是有點來歷的，如果你有興趣，聽我講講古吧！記得我打從娘胎（工廠）出來，可是個閃亮亮、響噹噹的茶壺，我的肚子像鏡子一樣，照得人眼睛發暈；我的壺嘴有特殊裝置，水一滾就嗚嗚叫，你說我是不是一個閃亮亮、響噹噹的角色？

　　女主人看中我圓滾滾的身材，她說：「這把茶壺造型好，水裝得多，煮一次水可以喝一整天。」於是我被買回家，負責全家飲水的重要角色。小主人為每種東西取名字，他為我取個「茶古阿三」這種怪名，聽久了也覺得很親切。

　　我那響噹噹的壺嘴可不是蓋的，每次屁股被火燒到最高點，我就拉警報，主人們不管在哪裡，都知道要來叫我閉嘴，以免水煮乾了發生危險。有一次，一位客人聽到我的聲音，還以為是防空警報，你說這威力大不大？

　　我最喜歡客人來的時候，主人泡茶請客，我就會被移到茶几旁，他們不斷煮水，我不斷冒煙，不斷鳴叫，好像火車頭的汽笛，每到一站，就要告訴大家「我來了」。碰到喜歡喝茶的客人，他們最後總會摸摸肚皮說：「我的肚子像茶古阿三一樣圓滾滾了。」

　　多麼風光的日子，這個家一天都不能沒有我。不過日子一久，我的汽笛突然失靈，我變啞巴了，還好主人仍舊用我燒茶。雖然我覺得少了許多

威風，但還是努力幹活兒。

但好景不常，主人年終摸彩摸到了一台開飲機，一拿回家，我就被打入冷宮。開飲機太方便了，一邊是熱水，一邊是冷水，這麼一來，哪裡還有我茶古阿三立足的餘地！

從此，我被放在高高的櫃子上，不久灰塵便在我身上撒野；而油煙也不放過我，很快的我便穿上了一件髒兮兮的灰油衣，既不閃亮亮，更不響噹噹。我認命了，無精打采的準備在櫃子上終老一生。

「媽，這麼多塑膠袋太不合乎環保了，老師說我要以身作則呢！」自從小主人當上班級環保股長，她就常向女主人灌輸環保觀念。

「我沒辦法啊，賣豆漿的人一小包一小包的裝，很方便啊！」女主人無辜的說。

小主人到處看一看，眼光落到我身上，她高興的說：「有了，有了，媽媽，我們用茶古阿三裝豆漿。」

女主人想一想有道理，就把我從高高的櫃子上拿下來，放在水龍頭底下，來個泡泡澡。

洗過澡的我，雖然不像當年那樣閃亮亮，但壺柄的關節還是很靈活。從此女主人買早餐就帶著我，她請老闆在我肚子裡裝豆漿或米漿，老闆常笑著說：「太太，你這個茶壺很有肚量呢！」

不久後，女主人便發覺用我裝豆漿，真是容量大又便宜，喝不完的還可以當冰豆漿。小主人也很高興，因為她向同學報告以後，許多同學回家都要求媽媽帶茶壺買豆漿，這樣就省下好多塑膠袋。

當然最高興的還是我茶古阿三，你想想看，有多少茶壺能上街蹓躂，而且小主人還說：「茶古阿三是環保小尖兵。」

茶古阿三＋環保小尖兵＝酷！

問題來找碴

1. 你到外面吃飯，會攜帶環保筷嗎？

2. 你們家有做好資源回收的工作嗎？

77

叫大蟒蛇
起床

3. 在你身邊，有沒有可以廢物利用的東西？

_____

_____

_____

_____

_____

_____

_____

_____

_____

_____

_____

_____

_____

_____

_____

_____

_____

快樂來塗鴉

快樂來塗鴉

虎姑婆的美牙

　　一年一度的美牙比賽又將要舉行了，森林裡那些自認為牙齒健美的動物，刷牙的時間都增加一倍以上，還在鏡子前，齜牙咧嘴的檢查每一顆牙齒。

　　美猴王露出一個很燦爛的笑容，問猴太太：「我這一口白牙，今年有沒有希望得冠軍？」猴太太說：「你的牙齒美是美，可惜不夠健康，每到比賽前就發酸，我勸你今年就別去比了，免得又輸給那隻臭屁的狼牙王！」

　　「說起狼牙王我心裡就有氣，每一年我都敗在他手下，現在大家都叫我第二老猴。」

　　原來美牙比賽分為「健牙」與「美牙」兩部份，除了外觀美麗，還要啃得動五大碗硬邦邦的堅果。美猴王平常是啃堅果的高手，可惜一到比賽前，牙齒就酸痛，大大的影響成績。

　　「今年我不想去狼牙王那裡看牙了，免得看他那副嘴臉。」美牙比賽前，大家都會到狼牙科整建一番，美猴王今年決定自己保養。

　　狼牙科最近門庭若市，狼牙王趁機推銷昂貴牙膏、牙刷，和一些奇奇怪怪的牙齒保健品給選手們。

　　「你們看，這是最近開發出來的產品，可以從內部強化牙齒，再硬的東西都像咬脆果子一樣。」狼牙王張大嘴巴說，那兩排森森的牙齒，發出冷冷的光。

　　這時，虎姑婆推門進來。「喲！真是稀客！虎姑婆，你牙痛嗎？」

「不是，年年的美牙大賽，我們虎族連前五名都排不上，今年是虎年，我自告奮勇，想參加比賽。」

「虎姑婆，你少不自量力了，看看我老鱷這口牙，連第五名都拿不到。」坐在一旁等著看牙齒的鱷魚沒好氣的說。

虎姑婆冷笑一聲，說：「我對自己的牙齒很有信心，只不過來洗個牙，一方面是對美牙大賽表示尊重，另一方面是要讓狼牙王知道，今年有勁敵。」

狼牙王看看虎姑婆的牙，像貝殼一樣，齊齊整整，外觀很吃香；論啃功，好像也不差，不過他不擔心。他說：「我還怕沒有對手呢！虎姑婆，歡迎加入。」

洗過牙，狼牙王拼命推銷一種強化牙齒的藥，虎姑婆不為所動，狼牙王兩手一攤，說：「你是稀客，我就優待你一次，免費幫你塗。」說著，就幫虎姑婆塗上厚厚的一層，看得其他顧客好忌妒。

比賽那一天，選手們都把自己打扮得很光鮮，希望給評審好印象。狼牙王戴一頂高帽子，穿件大斗篷，還拿根金色的拐杖。美猴王穿著燕尾服，紅色領結襯得他帥帥的。老鱷在每顆牙齒上貼一張亮晶晶的貼紙，這是他想出來的新花樣。其他像白馬王子把鬃毛染成彩虹，大象在兩顆大牙上綁紅絲帶……只有虎姑婆，還是平常的打扮，大家都笑她「SPP」。

比賽開始了，評審打過外觀分數以後，選手們開始啃那五碗堅果。剛開始大家「喀嗞喀嗞」的啃，不久，選手們臉上紛紛露出痛苦的表情，一個一個撫著面頰下場。

最後五碗都啃光的，只剩下狼牙王、美猴王和虎姑婆，觀眾的情緒非常高昂，因為不曾有這種場面出現。主辦單位再給他們一碗，狼牙王啃了三分之一，美猴王啃了三分之二，只有虎姑婆全部啃完。口哨聲、拍掌聲、呼叫聲不絕於耳，經過計算，虎姑婆當選新的美牙冠軍。

狼牙王很不甘心，大叫說：「她作弊，她作弊，我給她塗過化齒膏，她

的牙齒不應該這麼健康的。」

這句話被美猴王聽到了，馬上向主辦單位告發，狼牙王在大家的逼問下，才說出他的祕密。原來他都在勁敵的牙齒上動手腳，這次他給虎姑婆的是很毒的化齒膏，只要虎姑婆一啃小孩子的手指頭，化齒膏和血水一結合，就會酸化牙齒。

虎姑婆聽了狼牙王的話，大笑說：「有一件事，還沒向森林裡的朋友們宣佈，我虎姑婆已經改吃素了。我現在的主食是各種堅果，不夠硬的我還不想吃呢！」

大家把虎姑婆抬起來遊行，狼牙王則被綁在樹幹上，那些被狼牙王害到牙齒酸軟的選手，都來啃啃他。

美猴王慶幸今年沒去整牙，不過他氣的是，半路殺出一個虎姑婆，害他又是「第二老猴」！

問題來找碴

1. 你有沒有聽過虎姑婆的故事？

_____

_____

_____

_____

_____

_____

2. 你有看牙醫的恐怖經驗嗎？

_____

_____

_____

_____

_____

3. 任何比賽，如果是用投機取巧的方法贏得勝利，算是真的勝

利嗎？為什麼？

_____

_____

_____

_____

_____

快樂來塗鴉

快樂來塗鴉

創造奇蹟的水筆仔

「哎喲，你這條不長眼睛的魚，怎麼從天外飛來撞我？」一棵水筆仔痛得哎哎叫，那條魚早就溜之大吉了。

「真是的，我才打個哈欠，魚就落跑了！」夜鷺停在水筆仔身上，搖搖欲墜。

「拜託，別停在我身上，我很瘦弱。而且，我剛被你嘴巴裡掉下來的魚K到，你好歹也向我說聲對不起。」

天才濛濛亮，淡水河堤邊發生了魚撞樹的事件。闖禍的夜鷺聽了水筆仔的話，仔細看看他，突然驚訝的說：「你是一棵水筆仔？你怎麼會長在這裡？」

「我怎麼會長在這裡？」這也是水筆仔常常問自己的問題。

「夜鷺，你先飛到老榕樹上，我再回答你的問題。」

夜鷺原本急著回去睡覺，好奇心讓他精神百倍，要知道夜鷺可是紅樹林的八卦大王，晚上他常常站在船尾，一邊看魚的動靜，一邊聽河堤階梯上情侶們的悄悄話，再把那些悄悄話加油添醋，講給紅樹林裡的觀眾聽。

原來這棵水筆仔生長在紅樹林，那時他是水筆仔媽媽身上的幼苗，像一枝筆一樣，和其他兄弟姊妹挨挨擠擠的垂掛著。

水筆仔媽媽告訴他們，等他們長得夠大夠長，就會離開媽媽，到時候一定要在附近找個泥地生根，千萬不要跟著河水飄，以免飄到大海去，那就沒辦法長成一棵水筆仔。

兄弟姊妹都把媽媽的話聽進耳朵裡，只有這株幼苗，對大海很好奇。

他偷偷問白鷺鷥，大海長什麼樣子？白鷺鷥其實也沒有真正飛到大海去過，但他怕水筆仔把他看成土包子，就胡說亂蓋，把大海形容成美麗的天堂。

水筆仔暗中決定要隨河水飄流到大海，去那個美麗的世界看一看。他很厭煩這片擁擠的紅樹林，早晚都有不同的水鳥呱呱叫，泥地上招潮蟹鑽進鑽出，泥沼裡又有彈塗魚瞎攪和，他不想在這種地方過一輩子！

當他離開媽媽的時候，他借著河水的力量，飄出那片擁擠的地方，他大口大口呼吸，覺得自己真是聰明又勇敢。河面漸漸寬廣，他看到船，看到河岸邊的商店，看到人在河堤上走路，馬路上還有好多汽車。他也看到水裡有魚游來游去，好像很快樂。鷺鷥們張開翅膀飛翔，看起來帥多了，不像在紅樹林裡，為了爭地盤吵來吵去。

水筆仔想像大海一定更有趣，他催促河水跑快一點。掃興的是沿途有不少鳥朋友勸他趕快找地方住下來，他們說到了大海可沒地方落腳。水筆仔才不聽，恨不得自己也有翅膀可以飛。

漸漸的，水筆仔感覺波浪變大，速度也變快了，他的心情也盪到最高點。可是，水的味道變了，鹹鹹的、苦苦的，放眼望去，茫茫一片，沒有鳥、樹；沒有房子、車子，更沒有人。

「這就是我日思夜想的大海嗎？」水筆仔感覺從來沒有這麼孤單過，呼吸也越來越困難，海浪打得他身上都是傷痕。

「我回不了家，我沒有泥地可以生根，我快死了……」不知過了多久，頭腦昏沉沉的水筆仔，突然聽到馬達聲，他知道這是要回家的船，船的家和他的家距離不遠，他想：死也要死在家鄉附近，於是他奮力巴住船底，忍住撕裂般的痛苦，跟著船跑。

「終於，船停在這沙洲附近，我每天祈求河水把我帶回家，可是水只想再把我帶回大海去。後來老榕樹鼓勵我在這裡住下來，我就住下來了。」水筆仔講完，身上滿是淚水。

　　「他吃了很多苦才活下來哦！因為這個地方並不適合水筆仔生長。」老榕樹補充說。

　　「對啊，我每天飛來飛去，從來沒有想到這裡會有水筆仔。」夜鷺說。

　　「想到媽媽我就難過，我真對不起她。」

　　「小水筆仔，你別難過了，我們換個角度想，你是創造奇蹟的水筆仔，等你長大，你的孩子在這裡成長，說不定這裡會成為另一片紅樹林，這樣我又多一個地方可以住了。」夜鷺安慰水筆仔。

　　老榕樹接著說：「哇，那這裡就會很熱鬧嘍！創造奇蹟的水筆仔，好唎！」

　　水筆仔一直覺得很孤單，對未來更沒有信心，經過夜鷺提醒，才發現原來生命充滿奇蹟，他已經創造一個奇蹟，只要他努力，說不定可以創造更多奇蹟。

　　於是這株創造奇蹟的水筆仔抖掉身上的淚珠，用微笑迎接太陽。

叫大蟒蛇
起床

問題來找碴

1. 水筆仔這個名字和筆有關係嗎?

_____

_____

_____

_____

_____

2. 有沒有到過淡水的紅樹林去看水筆仔?

_____

_____

_____

_____

_____

3. 你知道紅樹林的生態是怎樣的嗎?

_____

_____

_____

_____

_____

快樂來塗鴉

快樂來塗鴉

長頸鹿整型記

　　長頸鹿梯梯要上小學了，他的頸子掛著新書包，抬頭挺胸的走到學校。教室裡已經鬧哄哄，梯梯進了教室，一面和大家打招呼，一面往後面走，他知道自己太高，會擋住別人的視線，所以要坐最後一排。

　　梯梯個性很溫和，沒幾天就和同學混熟了。同學看他頸子長，就在他頸子上玩兒起來，松鼠把他的頸子當滑梯溜；小花貓在他的頭上綁條繩子，盪起秋千；螞蟻把頸子當山在爬，因為螞蟻要訓練體能，準備參加爬岩大賽；猴子也抓幾隻跳蚤在他的頸子上，說要和螞蟻比賽，保證比龜兔賽跑還精采⋯⋯總之，梯梯的頸子成為大家的遊樂場了。

　　和氣的梯梯很高興自己的頸子成為大家的遊樂場，他忍著痛、忍著癢，每天帶給同學很多快樂。可是有一天，梯梯傷心的哭著回家，長頸鹿媽媽覺得很奇怪，急忙問他為什麼哭？梯梯拿出一張考卷，上面標著一百分，長頸鹿媽媽說：「傻孩子，考一百分應該高興才對，你為什麼哭呢？」

　　梯梯一邊抹眼淚，一邊委屈的說：「瘦皮猴說我的頸子長，一定是偷看他的考卷才考一百分。」瘦皮猴自以為很聰明，沒有人能贏過他，經瘦皮猴一說，有些同學就帶著有色的眼光看梯梯，所以梯梯非常難過。

　　不管長頸鹿媽媽怎麼勸，梯梯都覺得自尊受到很大打擊，他一向表現誠實，又常讓同學把自己的頸子當遊樂場，沒想到同學那麼容易相信謠言。想著想著，眼淚像雨滴一樣，下個不停！

　　梯梯飯也不吃，關在房裡生悶氣。他討厭同學，更討厭自己的長脖

子，恨不得把脖子割掉。當他照著鏡子時，更覺得那長長的脖子看起來很笨重、很可笑，他暗自下了一個決心。

「牛魔王整形之家」的招牌高高掛著，這是森林王國最有權威的整形醫院，許多動物明星都曾在這裡整容過。梯梯鼓起勇氣走進去，哇，門庭若市呢！主治醫師自稱是牛魔王，帶著一些助手幫人家整形，忙得團團轉。

梯梯走到掛號的地方掛了號，就坐下來等。牛魔王的動作是很慢的，所以要等很久。梯梯和其他動物談起話來，波斯貓嫌自己的塌鼻子不好看，他要做個很「酷」的鷹勾鼻；毒蛇要來割雙眼皮，準備用眼睛「放電」好引誘獵物；癩蛤蟆不喜歡身上的疙瘩，牠要來換膚；雙峰駱駝不高興被叫成「波霸」，要牛魔王幫他想辦法……每一種動物好像都有整形的理由。

終於輪到梯梯了，當牛魔王聽他說要把脖子變短時，搖著頭說：「我開業這麼久，沒碰到這種例子，我得考慮。」牛魔王有點想拿梯梯當實驗品，又怕手術失敗，毀了一世英名。他的兒子牛皮糖卻富有實驗精神，拚命慫恿他答應。

牛魔王怕梯梯將來後悔，問了他好幾次，梯梯正氣在心頭，堅決的點頭，於是整形工作就開始進行，費了好大功夫，做完後，他們把梯梯送回家休養。梯梯的整形，驚動了長頸鹿一族，有的覺得好奇，有的覺得他傻。梯梯則覺得輕鬆很多，從此不必忍受同學的惡作劇，也不會被誣賴考試偷看了。

梯梯休養完回到學校，同學們都認不出他，以為來了什麼怪物。等他自己介紹完，同學的反應都很奇怪，大家一時不能接受這個事實，同學給他取了許多綽號，什麼短頸鹿、四不像、秘雕鹿等等，梯梯都不放在心上，他為自己不必再被玩弄、被冤枉而高興。

但是新的問題來了，以前太高的窗戶由梯梯擦，輕鬆愉快，現在梯梯擦不到，只好拿椅子墊高，他身體笨重，常摔得滿頭包。又因為他動作笨拙，跑和跳都不快，同學不喜歡和他玩，他變得好孤單。

平常，梯梯和爸爸媽媽出去，森林裡的動物都對他們指指點點，害得爸媽不太敢帶他一起出去。其他長頸鹿也慢慢疏遠他，他更孤單了。雖然他考試老是考一百分，沒有同學懷疑他是看別人才考好的，可是他一點也不快樂。

梯梯又去找牛魔王，希望能接回他的脖子，牛魔王結結巴巴的說：「對對對不起，你的脖子已經做了其他用途，裝裝裝不回去了。」

傷心的梯梯離家出走了，也不想去上學，他在偏僻的地方躲著。班上少了梯梯，氣氛很奇怪，瘦皮猴知道是自己害了梯梯，其他同學也很懷念梯梯，他們一起找到梯梯，請他回學校上課，梯梯卻死也不肯。

有一天，瘦皮猴帶著同學到梯梯那裡，合力把梯梯抬起來，往「牛魔王整形之家」走，瘦皮猴建議牛魔王替梯梯裝上「義頸」，也就是假脖子。牛魔王搖著頭說：「梯梯為什麼每次都給我出難題？這種手術我從來也沒做過！」

這個構想又引起牛皮糖的興趣了，他想盡辦法勸爸爸答應，牛魔王看著傷心的梯梯，只有勉強的答應了。

經過研究、試驗，梯梯的假脖子終於做成功，為了方便伸縮、轉動，裡面裝了彈性特佳的彈簧，還有可以三百六十度旋轉的旋轉儀。梯梯的新脖子好玩又有用，不但可以讓那些頑皮的同學重溫遊樂的舊夢，還可以有良好的守望功能，他義務擔當森林守衛的工作。不過梯梯為這個脖子吃了不少苦，如果能回到從前，他寧可要那個有點笨拙的真脖子哩！

叫大蟒蛇
起床

問題來找碴

1. 長頸鹿考一百分，為什麼會哭呢？

_____

_____

_____

_____

_____

_____

2. 長頸鹿整形後，被朋友叫出什麼綽號？

_____

_____

_____

_____

_____

3. 你對自己身上有沒有不滿意的地方，須要去整形嗎？

_____

_____

_____

_____

_____

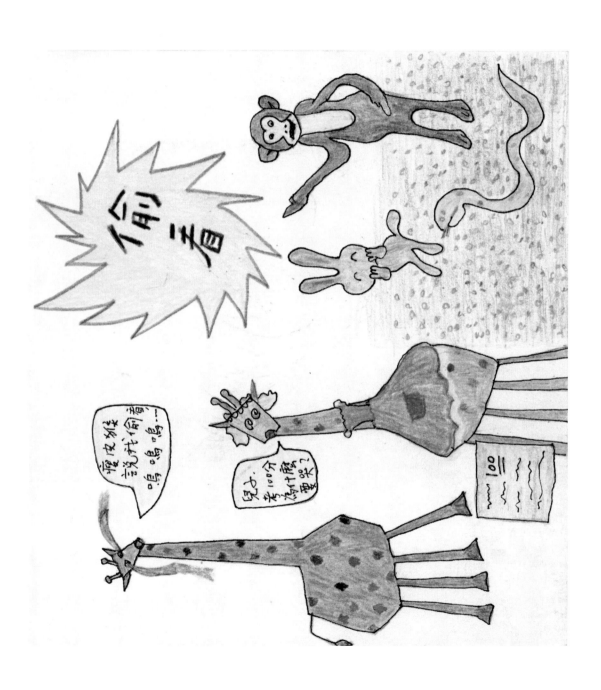

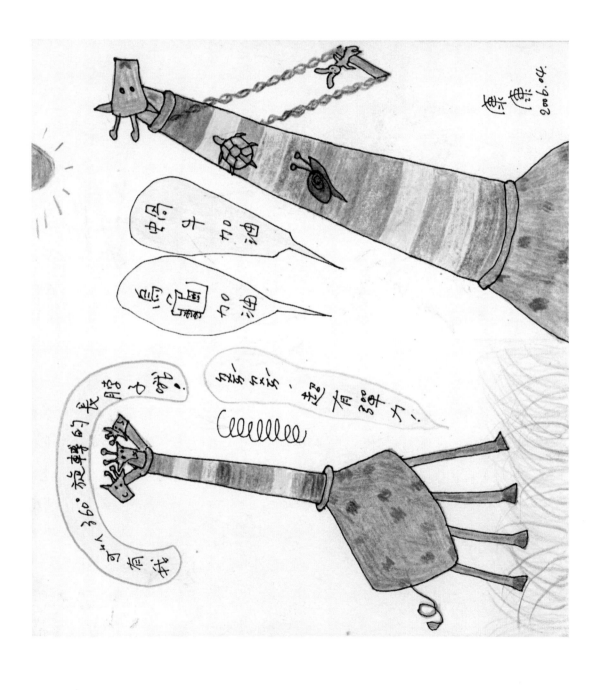

快樂來塗鴉

快樂來塗鴉

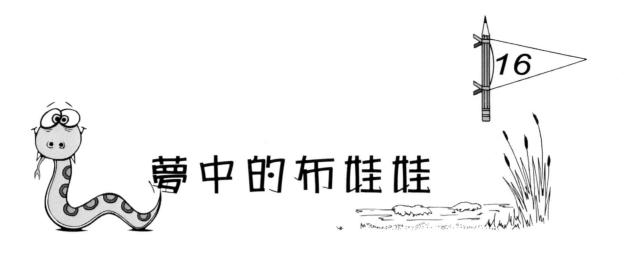

夢中的布娃娃

玫珍賴在玩具部不走了，她想要頭髮長到腳跟的芭比娃娃。

媽媽說她的娃娃夠多，不願買，玫珍委曲的想：我還沒有頭髮長到腳跟的娃娃。可是媽媽才不管，揪著她的領子往外走，還說：「下次再這麼死賴活賴，我就不帶妳逛百貨公司了。」

那個娃娃的倩影已經留在玫珍的腦海，睡覺前，她懶懶的看著滿屋子的娃娃，嘆一口氣說：「希望我能夢見長頭髮的芭比娃娃。」

果然有一個娃娃跑到玫珍的夢裡，但不是那漂亮的芭比娃娃，是一個又醜又舊的布娃娃。布娃娃的眼睛細細長長，鼻子扁扁，手太長，腳太短，頭髮像雜草，身上穿著補叮衣服。

布娃娃向玫珍走來，玫珍厭惡的用手撥開她。布娃娃走向其他的娃娃，其他的娃娃也都不理她。布娃娃開始唱起歌來，歌聲非常好聽，但是大家還是都不理她。

那一整天，玫珍的耳畔縈繞著布娃娃的歌聲，但她想起布娃娃的樣子就覺得厭惡，她決定存錢買長髮芭比。

第二天晚上，布娃娃又來到玫珍的夢中，她對著大家唱歌，歌聲實在太好聽了，有幾個娃娃跟著哼。後來娃娃們都唱起歌來，玫珍還是不願開口唱。

第三天、第四天，布娃娃都來玫珍的夢裡，娃娃們變成朋友了，她們一起唱歌、一起跳舞、一起遊戲。布娃娃有好多點子，想出很多有趣的遊戲，玫珍的夢好熱鬧，可是玫珍卻覺得孤單，因為她不願意加入娃娃們的

遊戲，她心裡還是惦記著長髮芭比。

　　玫珍忍不住把夢中的布娃娃說給媽媽聽，媽媽眼睛一亮說：「什麼？妳夢裡的布娃娃有一雙細長的小眼睛、扁鼻子、手太長、腳太短、頭髮像雜草，身上穿著補叮衣服？來，妳跟我來。」

　　媽媽領著玫珍到貯藏室，翻翻找找，從一個破舊的木箱子裡找出一個布娃娃，玫珍嚇呆了，那個布娃娃正是夢中的布娃娃！

　　媽媽眼睛望向遠方說：「這是妳外婆一針一線幫我縫出來的，那時候我們家很窮，可是我想要有一個娃娃，外婆就用做衣服剩下來的零碎布頭，幫我縫一個娃娃。本來要做一雙長長的腳，可是布不夠了，只好讓她的腳短短的。」

　　「妳沒有其他娃娃嗎？」玫珍從小就有許多娃娃，她以為媽媽小時候也有很多娃娃。

　　「哪有啊，那時候大家都窮，父母們忙著工作，誰有閒情管妳要什麼娃娃。即使是現在，也有些小朋友沒有娃娃可以玩。當時外婆幫我縫這個娃娃，可讓其他人羨慕死了，不過我很大方，都跟別人一起玩。這個娃娃帶給我們好多快樂，我們有時候讓她當皇后，有時候讓她女扮男裝當英雄。反正我們玩遊戲時，都不會忘了讓她摻一腳。」玫珍從媽媽手中搶走布娃娃，說：「我要開始玩娃娃啦！」

　　回到臥室，玫珍開始整理所有的娃娃，她想要送一些給沒有娃娃的孩子，她只要留幾個就好了，當然布娃娃她是不會送掉的。

問題來找碴

1. 你是不是擁有許多玩具？有沒有是自己做的？

2. 看到別人的玩具你也很想要，你會怎麼辦？

叫大蟒蛇
起床

3. 對於你不想要的玩具，你會怎麼處理它？

_____

_____

_____

_____

_____

_____

_____

_____

_____

_____

_____

_____

_____

_____

_____

_____

快樂來塗鴉

快樂來塗鴉

無聊國的故事

「無聊！」「無聊！」這是無聊國的人打招呼的話。

無聊國位在一個小島上，這個國家的人很奇怪，從國王到乞丐，每個人都覺得生活很無聊。他們不熱愛自己的工作，每天都愁眉苦臉，覺得日子好長，生活好無聊。

無聊國的小孩一點也不活潑，他們嘴裡也常掛著「無聊」兩個字。他們其實和糟老頭差不多，走路時，雙手放在背後，眼睛看著地面，一副無精打采的樣子。

有一年，天神派使者到各處巡視，當使者到無聊國，發現每個人都死氣沈沈，嘴巴裡不斷嘀咕「無聊」時，他想這樣下去，大家都要無聊死了，於是他想了一個辦法，要拯救他們。

使者趁國王睡覺時，到國王的夢裡說：「天神知道貴國人民太無聊，他准許你們再活三天就全部死掉，這三天讓你們去做自己最喜歡的事。」

當國王向大家宣布這個消息的時候，大家都好高興。第一天，他們太高興了，什麼事也沒做，大家聚在一起討論這件事。突然有人提議該慶祝慶祝，於是有人去向國王報告，並請國王派人計劃慶祝大會。

國王急忙找大臣開會商量，最後宣布：大家穿上最好的衣服，把家裡最好的食物拿出來，聚集在大沙灘上唱歌、跳舞，等待死亡來臨。

這一天晚上，每一戶人家都很忙，他們從來沒去想穿什麼漂亮衣服，也不講究什麼東西好吃，更是很少唱歌、跳舞，現在為了慶祝大會，大家只好挖空心思去想。

　　第二天大清早，無聊國的人都穿上花花綠綠的衣服，拿著食物往沙灘走。他們打招呼不再說「無聊」了，他們忙著打聽別人帶了什麼食物，也互相欣賞身上穿的衣服，一路上有說有笑。

　　這一天，國王的臉上也堆滿笑容，他首先帶領大家感謝神的旨意，希望大家在剩下的兩天中好好享樂。接著大家就吃著各種食物，到處找人聊天，有的人開始唱唱歌，有的人隨著音樂動一動，有的人在築沙堡，許多小孩子跑來跑去，出現了無聊國難得一見的熱鬧場面。

　　有一個年輕人對著海上很遠的地方看去，他發現海上好像有黑點，就問別人說：「那是什麼？」

　　一位老人說：「那是船。」

　　年輕人又問：「船從那裡來，要往那裡去？」

　　老人說：「聽說外面有很多國家，這些船可以帶他們去冒險。」

　　「為什麼我們沒想過要去外面的世界看看？」

　　「為什麼我們沒有船？」

　　一些年輕人發出疑問。

　　老人們不知道要怎麼回答，因為他們從一出生下來，就天天叫著「無聊」兩個字。

　　「我們可以造船啊！」有一個年輕人大聲地說。

　　「對啊，造船。」其他人附和著。

　　「可是，我們只剩兩天可活，來不及了。」有一個年輕人很傷心的說。

　　聽到這句話，大家都安靜下來，他們都在想，兩天太短了，能做什麼呢？

　　無聊國的人，突然在這一天發現許多事可以做，可是沒有時間了！他們想不通以前為什麼沒想到要去做？

　　大家都抱頭痛哭，國王也發現他可以帶動大家好好過日子，為什麼以前都沒去做？他跪在地上，向所有的人民懺悔，大家也都跟著他跪下來，

這時候忽然一個聲音從天上傳下來，那聲音說：「只要你們知道時間的妙用，天神不再限制你們只有兩天的生命，希望你們好好把握。」

大家一聽，都高興得又叫又跳的，他們再也不會無聊了，因為他們發現太多有意義的事可以做，而且外面的世界也等著他們去發展呢！

無聊國這個名詞也將會被「快樂國」代替了。

叫大蟒蛇
起床

問題來找碴

1. 你是不是有無聊的時候？

_____

_____

_____

_____

_____

_____

2. 無聊國的人快樂嗎？

_____

_____

_____

_____

_____

3. 如果你只剩下三天可以活，你要怎樣安排這三天？

_____

_____

_____

_____

_____

_____

快樂來塗鴉

快樂來塗鴉

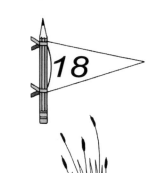

髒小孩西西

「西西啊，該寫功課了！」

「西西啊，該洗澡了！」

「西西啊，該……」

這是每天都可以從西西家傳出來的話，說這話的就是西西的媽媽。說起西西這個人物，真是無人不知，無人不曉，因為他從來沒把衣服穿整齊過，上課遲到是家常便飯。他最出名的特色是懶，功課懶得寫，澡也懶得洗，全身總是髒兮兮的，所以他的朋友很少。

這一天，西西又因為賴床遲到，當他背個破書包出現在教室的時候，已經是第一節下課了。同學看他的樣子，就知道他又不知道多久沒洗澡了，大家都不理他，還故意把鼻子捏起來，用手搧一搧，表示他很臭。

他想和別人玩，別人都不讓他加入，排長找他交作業，他也交不出來，就有人跟他說：「老師說今天要嚴厲處罰。」西西一聽，覺得在學校真是沒意思，不但沒有人願意和他玩，還要被老師處罰，他決定逃課。於是他連書包也不要了，轉身就往圍牆走，翻個牆就出去了。

他心裡想：「同學都是勢利鬼，不和我交朋友，我自己到外頭去交朋友。」他邊走邊找，看有沒有人可以和他做朋友。可是大家都在學校裡上課，他一個也找不到。

西西走著走著，就走到郊外了，他想：「找動物交朋友也不錯。」在大榕樹下，有一隻小白兔正在打盹。西西走過去，跟小白兔說：「早安，小白兔，我能不能和你交朋友？」

小白兔突然被吵醒，一看，是個髒兮兮的小孩，他沒好氣的說：「交朋友我是很樂意啦，可是，我媽媽說要交愛乾淨的小孩，對不起，我不能和你交朋友。」說完，一溜煙就跑了。西西生氣的大罵：「原來你也是勢利鬼，哼！」

「小朋友，你罵誰勢利鬼啊？」老榕樹一大早聽西西罵人，耳朵有點受不了。

「我罵小白兔，他竟然不和我當朋友！」

「如果你把自己弄得乾乾淨淨，他就會和你交朋友的。」老榕樹勸他。

「連你也要欺負我，老醜樹！」

老榕樹聽了西西這樣罵它，嘆口氣，鬍鬚動了一下。

西西繼續往前走，來到一個池塘邊，池塘裡，鵝媽媽帶著小鵝們在游泳，看起來好悠閒。西西跑到池塘邊，對著鵝們說：「我叫西西，我和你們交朋友好不好？」

小鵝們互相看一看，搖搖頭，鵝媽媽慈祥的說：「孩子，你現在應該在學校讀書的，怎麼跑出來了？」

西西說：「在學校裡沒有什麼好玩的，還要寫一大堆作業，而且大家都不跟我好。我和你們交朋友好不好？」

一隻小白鵝說：「你對著水照照自己，全身髒兮兮，誰願意和你做朋友？」鵝媽媽說：「小毛，不可以這樣對待別人！」她轉頭又對西西說：「孩子，等你把自己弄乾淨以後，大家都會願意和你交朋友的。」

西西不但不聽鵝媽媽的勸告，還說：「你們這一群驕傲的白鵝，不和我交朋友就算了，沒什麼了不起！」

西西說完，轉身要走，一隻在旁邊泥潭裡打滾的小豬，聽了他和白鵝的對話後，就爬出泥窪，對西西說：「嘿，西西，沒有人和你做朋友是不是？正好，我也正找不到朋友，來，我們可以變成好朋友。」

小豬說著，就要來和西西握手，西西看他全身塗了一層爛泥巴，髒兮兮

的，搖搖頭說：「才不要，你好髒！」

小豬說：「你跟我差不多嘛！只有我不嫌棄你，來，我帶你去泥窪裡玩。」

西西看小豬要來抓他，拔腿就跑，小豬不放過他，在後頭猛追。西西趕快跑回家裡，把門鎖好，喘口氣，去照照鏡子，發現自己跟髒小豬實在差不多，所以他趕快到浴室去洗澡。洗好澡，穿上乾淨的衣服，西西把門打開，發現小豬還在，不過小豬一看到他，很失望的說：「你這個樣子，不適合當我的朋友，再見！」說完就走了。

西西這才知道，別人眼中的自己，和髒小豬沒有兩樣，難怪大家不喜歡他。從此他把懶惰的習慣改掉，勤洗澡、勤做功課，漸漸的，大家都願意和他交朋友了。

叫大蟒蛇
起床

問題來找碴

1. 電視看得正精彩的時候，媽媽卻催你去洗澡，你會有什麼反

應？

_____

_____

_____

_____

2. 什麼是「勢利鬼」？

_____

_____

_____

_____

3. 故事裡什麼動物想和西西做朋友？

_____

_____

_____

_____

快樂來塗鴉

快樂來塗鴉

19

小千和朋友們

　　小千是一個可愛又善良的小女孩，她是家裡的獨生女，爸媽都很疼她。雖然家中沒有其他小孩可以陪她玩，她卻一點兒也不寂寞，反而很快樂，因為她的「怪朋友」很多。

　　有一天夜裡，小千被一種「ㄎㄧㄌㄧㄎㄚㄌㄚ」的聲音吵醒，她揉揉眼睛，發現熊寶寶鐘裡的時針、分針、秒針和那些數目字，正圍了一個圈圈在跳舞，「ㄎㄧㄌㄧㄎㄚㄌㄚ」的聲音就是他們弄出來的。

　　小千問：「這麼晚了，你們在做什麼？」

　　矮矮胖胖的時針說：「我們在跳舞。今天晚上的月亮太美了，我們忍不住想起來舒展筋骨。只因為『ㄌ』先生穿了新皮鞋，才會弄出聲音，對不起，把妳吵醒了。」

　　「沒關係，你們平常太辛苦了，應該跳跳舞的。」

　　小千才說完，冰箱小姐穿了一件大圓裙進來說：「小千，今晚有人邀請我去參加月光晚會，我想向妳請個假。回來時，我會在肚子裡裝些蛋糕、水果。」

　　「冰箱小姐，妳儘管去吧。」

　　一會兒，電視先生也搖搖晃晃走進來說：「小千，我也要請假，我有朋友剛從國外回來，帶了許多卡通影片，我去借回來給妳看。」

　　小千高興地說：「電視先生，謝謝你，我最喜歡看卡通了。」

　　書櫃博士看電視先生走了，也吹著口哨進來說：「小千，我知道妳還喜歡看故事書，讓我也出去，我會找一大櫃書回來給妳看。」

　　「太棒了，書櫃博士，我正愁沒有新書看呢！」小千高興地親了書櫃博士的臉，書櫃博士得意揚揚的吹著口哨出去。

　　這時，牆角的花瓶也不甘寂寞地說：「小千，現在正是春天，野外有好多好多的花，我去採一些回來，裝飾我們的家。」

　　「花瓶姊姊，那就請妳多採一些，我想分送給鄰居們。」

　　「沒問題！」花瓶笑咪咪地走出去。

　　突然，小鳥窩撞了小千一下，說：「小千，我也要出去找幾隻小鳥來跟妳做朋友，牠們是春天的歌手，會教妳唱好聽的歌。」

　　「真的嗎，小鳥窩？我不但要他們教我唱歌，還要他們教我飛呢！飛呀！飛呀！……」小千伸出雙手，陶醉在飛翔的世界裡。她覺得自己好幸運，擁有這麼多可愛的朋友。

問題來找碴

1. 小千的「怪朋友」有哪些？

2. 你有沒有一些「怪朋友」？

叫大蟒蛇
起床

3. 你是獨生子（或獨生女）嗎？如果是，你會不會很喜歡交朋友？

快樂來塗鴉

快樂來塗鴉

神仙的鬍鬚

在丟丟銅樂園裡住著老神仙們，他們的年紀雖然很大很大，可是身體卻都很健康，而且跟小孩子一樣頑皮、好玩。他們的長相不同，可是都有長長的白鬍鬚，一走起路來，鬍鬚就隨風飄動，使得丟丟銅樂園像個雪花王國。每一位老神仙都很細心的保護自己的鬍鬚，還常拿來比美呢！

有一天，一位老神仙往凡間瞧了一下，讚嘆的說：「真是一片金色的世界啊，我多想去那兒玩一玩！」另一位老神仙往同一個方向看過去，也發出讚嘆聲。接著一大群老神仙都動了心，於是他們向玉皇大帝要求，讓他們到凡間走一趟。玉皇大帝看他們那種渴望的神態，就下了御旨，准許他們下凡玩耍。

凡間正當秋季，稻田裡黃澄澄的穀子，像是大地上舖著金子。老神仙各自摘了一些稻穗，別在腰帶上當裝飾品。他們又經過山上，看見滿山的楓紅，就把紅葉摘下來，沾個口水貼在額頭上。

他們走呀啊的，來到了一片山坡上，山坡上正有一大群羊兒在吃草。老神仙看到羊兒，頑皮的騎在羊身上，他們把羊兒當雲騎了。附近一棵大樹下，有一個牧童聚精會神的下棋，都沒發現老神仙們在搗蛋。牧童自己畫一個大大的棋盤，一人當兩人用，一下子跑左邊，一下子跑右邊，玩得好高興。

老神仙們騎羊騎累了，就跑去看牧童在做什麼？當他們看見牧童一個人下棋時，都手舞足蹈起來，因為老神仙在丟丟銅樂園裡，一天到晚下棋。他們把棋盤畫在石頭上，常常一下就是三天三夜，所以個個棋藝高

超。這會兒看小牧童一個人玩得那麼高興，他們的手都癢了。

有一個老神仙對牧童說：「小兄弟，我們一起來下棋好不好？」

牧童這才抬起頭來，看到一大群老公公，眼睛露出疑惑的表情。因為村裡的老公公他都認識，而眼前這些老公公他卻一個也認不得。不過他喜歡找人下棋，全村子都沒人贏得了他，村人都不喜歡和他玩，還封他為「棋痴」。他平常都只能自己下，現在有這麼多老公公要和他下棋，他高興得眼睛發亮。

下棋之前，老神仙要求下賭注，他們看中牧童的竹鞭。如果他們贏了，就要牧童把竹鞭送給他們；如果牧童贏了，牧童可以要求任何東西，牧童答應了。他喜歡下棋，才不管輸贏。

老神仙各個搶著要先下，像小孩子一樣吵不休。後來牧童教他們「剪刀、石頭、布」，才把順序給定出來。

老神仙各個意氣昂揚，心想這麼一個小孩子，怎麼可能有多大功力，所以一開始，他們都輕鬆的捋住鬍鬚，輕輕哼著天庭曲。當第一個老神仙輸時，他們還笑他「老糊塗」。接下來，又是老神仙輸。他們的眼睛有點警醒，再下來，又輸一個，有人開始用食指繞著鬍鬚轉了。

一局又一局，老神仙一個個敗下陣來。他們不得不佩服牧童棋技的高超，最後由牧童奪魁。老神仙很守信用，要牧童說出自己最想要的東西，例如大屋子、美食等等。

牧童不想要那些東西，他看老公公們的鬍鬚迎風招展，把秋天的原野襯托得真美麗，就要求說：「我希望老公公們把鬍鬚留在原野上，它們太美了。」

老神仙們傻住了，在一旁互相商量了好一會兒，拚著「一言既出，駟馬難追」的信條，他們忍痛把鬍鬚給留在秋天的原野上了。一直到現在，我們一走入秋天的原野，就可看到白茫茫的一片，我們說是芒草的花，其實那就是老神仙們的鬍鬚。不過那些鬍鬚有的被捻過，顯得奇形怪狀哩！

　　老神仙們回到天庭向玉皇大帝報到時，一路上天兵天將不知笑掉多少大牙，玉皇大帝更是笑到下巴脫臼。如果你看到那群老頑童光著下巴，額頭上貼著楓葉，手上拿著稻穗遮遮掩掩，一定也會笑掉大牙的。

問題來找碴

1. 老神仙的鬍鬚留在我們人間，變成什麼東西？

_____

_____

_____

_____

_____

2. 牧童為什麼會被村人叫成「棋痴」？

_____

_____

_____

_____

_____

3. 你會下棋嗎？有一副對聯，上聯是「觀棋不語真君子」，下聯是什麼？

_____

_____

_____

_____

_____

快樂來塗鴉

快樂來塗鴉

誰偷了彩蛋？

　　復活節快到了，高登奶奶開始忙碌起來，她忙著準備畫彩蛋，好讓小朋友們玩「尋找彩蛋」的遊戲。

　　高登奶奶每年都畫三種彩蛋：一是「熟彩蛋」，是在煮熟的蛋上面畫，由她的孫子們找出這種彩蛋。二是「生彩蛋」，這種沒有煮過的彩蛋，由地鼠漢斯家族尋找。三是「石彩蛋」，也叫「幸運彩蛋」，是畫在圓圓的石頭上，每年只有一顆，找到這顆彩蛋的人，一整年都會有幸運之神保護著。

　　平常高登農莊只有高登奶奶和兒子、媳婦，以及兩個孫子住，復活節的時候，住在遠方的兩個女兒，會帶著家人一起回來住幾天。那時高登農莊可熱鬧了，「尋找彩蛋」更是小朋友最喜歡的遊戲。

　　地鼠漢斯一家住在農莊角落的大樹底下，高登奶奶把他們當好朋友。他們會在彩蛋的一頭咬一個小洞，把裡面的蛋吸光，蛋殼拿來當裝飾品。

　　復活節當天一大早，大人們把彩蛋藏在花園隱密的地方。等大家起來吃過早餐後，大人在院子架一個爐子，用一個大鍋子準備煮大鍋菜。升火的時候，高登奶奶大力敲三下鍋蓋，這時，小朋友和小地鼠就衝向花園，開始尋找彩蛋。

　　以往，花園裡會陸續傳來「找到了」的尖叫聲。可是已經一個鐘頭過去了，還是靜悄悄。大鍋菜的香味已經傳開來，連大人們都覺得納悶。

　　小朋友爬到樹上看鳥窩，地鼠鑽進隱密的小洞，都沒有彩蛋的蹤影。大家跑來向高登奶奶報告，鼻子很靈的漢斯說：「我聞到一股怪味道，我

們循著味道去找，就知道是誰偷了彩蛋？」

　　大家跟在漢斯後面找，果然在通往牧場的亂石堆中，發現一條大蟒蛇正痛苦的呻吟著。原來從馬戲團跑出來遛達的大蟒蛇，剛好逛到高登農莊的花園，發現色彩豐富的復活節彩蛋，高興的吞下所有的彩蛋。當他聽到小朋友的聲音，慌張的逃走，沒想到會消化不良，尤其是那顆「幸運彩蛋」，正卡在他的喉嚨，造成他的不幸。

　　他們找來獸醫，才解決了大蟒蛇的痛苦，獸醫順便把他送回馬戲團。

　　沒有彩蛋的復活節總是怪怪的，高登奶奶趕緊再準備一些顏料和蛋，由小朋友和地鼠來畫，哇——每個蛋都有不同的風格。有一個小朋友不小心，把顏料灑到地鼠身上，發現那隻地鼠變得好可愛，於是地鼠們都要求被畫成彩蛋。高登奶奶擦擦眼鏡仔細看，笑呵呵的說：「超有創意嘛！」

　　等大家吃完可口的大鍋菜，「地鼠彩蛋」去花園躲起來，讓小朋友玩「尋找彩蛋」的遊戲。這一年，他們度過一個不一樣的復活節。

問題來找碴

1. 你知道復活節的由來嗎?

_____

_____

_____

_____

_____

_____

_____

_____

2. 高登奶奶畫了幾種復活節的彩蛋?大蟒蛇吃到哪一種彩蛋卡在喉嚨?

_____

_____

_____

_____

_____

_____

133

叫大蟒蛇
起床

問題來找碴

3. 你有沒有在復活節找彩蛋的經驗？

快樂來塗鴉

快樂來塗鴉

捉鬼啓事

　　炎炎夏日，不要說人間的人昏昏沉沉，就是鬼域裡的鬼們也懶洋洋的，可是一年一度的鬼月到了，總要派些鬼到人間走一遭吧！於是鬼王貼出公告，說能在鬼月趕前三名到人間的鬼，有賞！

　　眾鬼看了公告，還是提不起勁。只有電動鬼、搖頭鬼和拉肚子鬼活力十足，手牽手要去報名。告訴你們一個秘密，這三種鬼平常就會趁機偷溜到人間搗蛋，現在這種光明正大又有賞的機會，他們能不把握嗎？

　　鬼門關一開，三種鬼朋友就來人間報到。這三種鬼妖力高強，又能夠化成「粉」多「粉」多分身。他們之間還定下比賽規則，要看看誰害的人比較多！三種鬼勾勾手立好比賽誓約，就一溜煙閃了，急著去找受害者。

　　拉肚子鬼化成的分身，一個一個進駐到冰水裡，那些紅紅綠綠的冰水，是拉肚子鬼的最愛，也是小朋友的最愛。這兩個「最愛」碰在一起，當然就是一陣「稀哩嘩拉」的音響效果。有些拉肚子鬼會跑到生魚片或涼麵等食物裡，讓很多大人摀著肚子往醫院跑，拉肚子鬼的業績可是氣勢如虹啊！

　　電動鬼當然也不落「鬼」後，急急躲進電動裡，發出一種誘惑人的「玩多精」，正在放暑假的小朋友，每天吸這種「玩多精」，恨不得整天擁抱電動。有些電動鬼潛藏到網咖，他們散發的「玩多精」更強，讓很多青少年可以三天三夜「釘」在網咖。電動鬼很得意，因為拉肚子鬼造成的禍害，被醫生開幾粒藥丸就制伏了，聰明的人們卻還沒發明「抗電動藥丸」，電動鬼常常高歌一曲來為自己鼓掌。

「電動鬼，你別一副小人得志的樣子，你所誘惑的人，只是有些沉迷，頭腦還能產生作用，被家長們威脅利誘一番，有的人會節制，我呢，哈哈哈——」搖頭鬼認為自己才是妖力無邊的鬼，他的分身哪裡需要躲在生冷的食物，或是熱昏頭的機器裡。他的分身只要滲透入小小藥丸裡，就足以讓人失去理智。你看那些年輕人，在PUB裡「high翻天」，舞亂跳、歌亂唱，甚至衣服亂脫的，都是他的傑作。有了搖頭鬼滲透的「搖頭丸」，可以讓吃他的年輕人失去靈魂，還讓來抓人的警察大大搖頭呢！

搖頭鬼的確厲害，拉肚子鬼和電動鬼把冠軍寶座讓給他。不過他們都覺得人間太好玩了，他們專找愛吃愛玩的人耍，耍得渾身是勁。一眨眼，鬼月結束了，鬼王發出公告，要諸鬼回鬼域去。其他後來的鬼都紛紛回去報到，只有這三種鬼，對人間依依不捨，他們決定在人間過著躲躲藏藏的日子，一逮到機會就出來搗蛋。

鬼王清點鬼數的時候，發現少了搖頭鬼、電動鬼、和拉肚子鬼，於是發出通緝，要熱心的鬼幫忙出來抓他們，但是鬼們不願意惹這些妖力高強的鬼，怎麼辦呢？小朋友，不如你們來扮演捉鬼英雄，把這幾種危害大家的鬼揪出來，有賞哦！

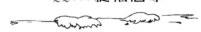

問題來找碴

1. 故事裡有哪三種鬼跑來人間搗蛋？

_____

_____

_____

_____

_____

_____

_____

_____

2. 你有沒有受到哪一種鬼誘惑？

_____

_____

_____

_____

_____

_____

_____

_____

叫大蟒蛇
起床

問題來找碴

3. 你想不想加入捉鬼英雄的行列？

快樂來塗鴉

快樂來塗鴉

作者簡介

　　康逸藍，筆名康康、藍棠、參古、油麻菜菜子等，出生於淡水小鎮。

　　師大國文系畢業，當了國中老師數年。接著進淡大中研所就讀，畢業後當了編輯。曾到曼谷擔任大學中文系教師；偶爾也教作文班。

　　曾獲海峽兩岸童話優選獎、中華民國教材研學會徵文散文類優選、香港詩網絡詩獎公開組優異獎。

　　我是個喜歡土味的人，從小愛玩、愛鬧，更愛幻想。現在從事「自由業」，意思是「自由自在寫故事給人看的職業」。除了寫新詩、散文、小說、廣播短劇等，我特別喜歡寫故事跟小朋友分享，已經出版的童話有《閃電貓斑斑》、《長頸鹿整型記》、《一〇五個王子》、《９９棵人樹》、《豆豆的前世今生》、《行俠仗義小巫公》、《非吃不可的童話》，童詩集《童詩小路》、論文《明末清初劇作家的歷史關懷》。

　　我的個人網站《康康文字花園》，歡迎來逛逛。

國家圖書館出版品預行編目

叫大蟒蛇起床 / 康逸藍著. -- 一版. --臺北

市：秀威資訊科技，2006〔民95〕

面； 公分. -- (語言文學類；PG0109)

ISBN 978-986-7080-86-8(平裝)

859.6　　　　　　　　95016986

語言文學類　PG0109

叫 大 蟒 蛇 起 床

作　　者 / 康逸藍
發 行 人 / 宋政坤
執行編輯 / 林世玲
圖文排版 / 吳庭毅
封面設計 / 吳庭毅
插　　圖 / 康逸藍　謝家柔　＿＿＿＿＿（畫插圖的大小朋友請簽名）
數位轉譯 / 徐真玉　沈裕閔
圖書銷售 / 林怡君
網路服務 / 徐國晉
出版印製 / 秀威資訊科技股份有限公司
　　　　　台北市內湖區瑞光路583巷25號1樓
　　　　　電話：02-2657-9211　　傳真：02-2657-9106
　　　　　E-mail：service@showwe.com.tw
經 銷 商 / 紅螞蟻圖書有限公司
　　　　　台北市內湖區舊宗路二段121巷28、32號4樓
　　　　　電話：02-2795-3656　　傳真：02-2795-4100
　　　　　http://www.e-redant.com

2006 年　9 月　BOD 一版
2006 年　11 月　BOD 二版
定價：210元

讀者回函卡

感謝您購買本書，為提升服務品質，請填妥以下資料，將讀者回函卡直接寄回或傳真本公司，收到您的寶貴意見後，我們會收藏記錄及檢討，謝謝！如您需要了解本公司最新出版書目、購書優惠或企劃活動，歡迎您上網查詢或下載相關資料：http:// www.showwe.com.tw

您購買的書名：＿＿＿＿＿＿＿＿＿＿＿＿＿＿＿＿＿＿＿＿＿＿＿

出生日期：＿＿＿＿年＿＿＿＿月＿＿＿＿日

學歷：□高中 (含) 以下　　□大專　　□研究所 (含) 以上

職業：□製造業　□金融業　□資訊業　□軍警　□傳播業　□自由業
　　　□服務業　□公務員　□教職　　□學生　□家管　　□其它＿＿＿

購書地點：□網路書店　□實體書店　□書展　□郵購　□贈閱　□其他

您從何得知本書的消息？

　　□網路書店　□實體書店　□網路搜尋　□電子報　□書訊　□雜誌

　　□傳播媒體　□親友推薦　□網站推薦　□部落格　□其他＿＿＿＿＿

您對本書的評價：（請填代號　1.非常滿意　2.滿意　3.尚可　4.再改進）

　　封面設計＿＿＿　版面編排＿＿＿　內容＿＿＿　文／譯筆＿＿＿　價格＿＿＿

讀完書後您覺得：

　　□很有收穫　□有收穫　□收穫不多　□沒收穫

對我們的建議：＿＿＿＿＿＿＿＿＿＿＿＿＿＿＿＿＿＿＿＿＿＿＿

＿＿＿＿＿＿＿＿＿＿＿＿＿＿＿＿＿＿＿＿＿＿＿＿＿＿＿＿＿＿＿

＿＿＿＿＿＿＿＿＿＿＿＿＿＿＿＿＿＿＿＿＿＿＿＿＿＿＿＿＿＿＿

＿＿＿＿＿＿＿＿＿＿＿＿＿＿＿＿＿＿＿＿＿＿＿＿＿＿＿＿＿＿＿

11466
台北市內湖區瑞光路 76 巷 65 號 1 樓

秀威資訊科技股份有限公司　　　收

BOD 數位出版事業部

....

（請沿線對折寄回，謝謝！）

姓　　名：_____　年齡：_____　性別：□女　□男

郵遞區號：□□□□□

地　　址：_____

聯絡電話：(日) _____　(夜) _____

E－m a i l：_____